あめいろの季節

ジックス　原作
高橋恒星　著
山根正宏　原画

PARADIGM NOVELS 93

登場人物

八神《やがみ》優子《ゆうこ》　やさしくおだやかな女性。母親を亡くしてからは、家事に専念している。

八神《やがみ》ゆうじ　北海道の北斗学院大学に通う１年生。二人の姉とは血が繋がっていない。

小野《おの》美礼《みれい》　喫茶店「かんぱねるら」の女主人。早くに旦那を亡くして、現在は未亡人。

八神《やがみ》かすみ　大学４年生で、ただいま就職活動中。一見乱暴者だが、繊細な心の持ち主。

浦沢《うらさわ》慎太郎《しんたろう》　ゆうじの父親の決めた、優子の見合い相手。北斗学院大学の経済論の講師。

七瀬《ななせ》風華《ふうか》　合コンで知り合った女の子。かなり幼く見えるが、実際はゆうじより年上。

第一章 優子

第二章 美礼

目次

プロローグ

キシッ……キシッ……。

建材が軋《きし》む音だけが響く暗闇の中、少年は一歩一歩慎重に階段を降りる。

階段を照らすはずの電灯はあったが、それは消えたままである。

なるべく音を立てないように続けられていたこの根気強い作業も、少年の足先が今までとは違う広い空間を捕らえた時、終わりを告げた。

無事に一階に降り立ったことでホッと一息つく少年の耳に、微《かす》かに何か音が聞こえる。

グァァア……スゥゥウ……ガァァア……。

それは、階段の横にあるリビングルームからのものだ。

男の鼾《いびき》……。少年はそれが誰のものであるかわかっていた。

そして、リビングのテーブルの上には、缶ビールの空き缶や食べかけの寿司などが散乱しているであろうことも。

(いまだ!　いましかない!)

少年はそう考え、そろりそろりと足を玄関へ進ませる。

靴を履く暇さえ惜しいのだろう、靴下のまま土間に降りた少年は左手でカギを開け、右手で静かにドアノブを……。

「いっ……!」

ノブを回す右手に激痛が走ったのだ。

プロローグ

痛みは、少年の脳裏に昼間の記憶を蘇えらせる。あの男に顔を殴りつけられ、かばおうとした右手をひねり上げられたことを。

そして、あの男がその時に言い放った言葉も思い出す。

「いい加減にしろ、ゆうじ！　あんな女のことはもう忘れろ！　あいつはお前を捨てていったんだからな！」

痛みからくるものではない涙をぐっと我慢して、少年は再びノブを握りしめ、ドアを開けていった……。

月光が芝の緑を仄《ほの》かに浮き上がらせる庭に、少年は出てきていた。

少年……とは言ってはいたが、月明かりが照らすその顔はまだ幼く、端正な造りは少女のそれと言っても過言ではないように思われる。

だが、その印象に汚点を残すものが少年の顔には存在していた。

明らかに殴られた跡である、目の下のアザ。それに唇の端も切れていて、まだ血も少し付着しているのが痛々しい。

少年はズボンのポケットから大きくはみ出していた懐中電灯を引き抜き、それで辺りを照らした。しばらく上下左右と向ける光を移動させていくと、お目当ての物は見つかった。

それは庭の隅にある、ちょっとした紙屑《かみくず》などを燃やすために手を加えられた、古ぼけた石油缶だ。

もはや今となっては急いでも仕方ないのだったが、それでも少年は足早に石油缶に近付いていく。そして、中にある燃えカスを、ススで手が汚れるのにも構わず、狂ったように漁り続けた。

……完全なものは一つも残っていなかった。

辛うじて焼けずにいたものも、どこかが欠損していた。

そのうえ、肝心の『顔』が残っているものは一つとしてなかった。

手の中の燃えカスに、ポタリと何かが落ちる。

少年の目から、昼間、あれだけ殴られても出なかった涙がこぼれたのだった。

……再び、少年は家の中に戻る。

手には、大事そうに抱えられた燃えカスの幾つかがあった。

一階のリビングでは、まだあの男は……少年が「父さん」と呼ぶ存在である、あの男は鼾をかいて眠っていた。

まだ拙《つたな》い知識ながら、少年が得ている一般的な『お父さん』というイメージと、現実のあの男との間には大きな溝があった。何かあると声を荒げ手を上げてくるあの男の存在は、少年にとって恐怖という二文字でしかなかった。

それでも、今までは自分を保護してくれる人がいたから良かった。

でも、これからは……。

プロローグ

ようやく自分の部屋に辿り着いた少年は、すぐさまベッドの下に潜り込んだ。

大人では決して潜り込めない、その細い隙間《すきま》の奥に、それはあった。

宝箱。

子供の頃に誰もが持つ自分だけの宝物、大人にはガラクタにしか見えないが、本人にとってはこの世のどんな宝石よりもキラキラと輝いて見える大切な物、それが宝箱には入っていた。

菓子のオマケに付いてくるシールやカード……外国の古いコイン……河原で拾った、珍しい色と形をした石……。

少年は、それら宝箱の中身を絨毯《じゅうたん》の上に全てぶちまけた。

その無造作な扱いとは全く対照的に、例の燃えカスを丁寧に一枚一枚、少年は宝箱に納めていく。

宝箱の蓋《ふた》を閉じ、カギをかけた時、少年にとっての神聖な儀式は終わった。

再び宝箱をベッドの下にしまい込もうと思ったが、途中で気が変わった。

「きょうは、いっしょに……」

少年は宝箱を手にしたまま、布団に潜り込んだ。

枕の上に置いた宝箱に頬《ほお》ずりすると、少年には声が聞こえたような気がした。

「おやすみなさい、ゆうじ……いい夢を見るのよ……」

そう囁《ささや》きかける、『母さん』の声が。

第一章　春

ピピピピッ、ピピピピピッ……。

目覚ましの音が夢の終わりと日常の始まりを告げるなか、『八神《やがみ》ゆうじ』は寝ぼけた目を薄く開け、ぼんやりと天井を見つめていた。

何気なく宙にかざしてみた手は、夢で見たような幼いものではなかった。

(あれからもう十年以上もたつもんなぁ……あのあと、親父《おやじ》が再婚して、新しい母さんと二人の姉ちゃんができて……その母さんも亡くなって、今や俺も大学生か)

思い出したくないことまで頭に浮かんできそうになり、ゆうじは中途で思索をやめた。

着替えをしようとベッドから出たゆうじは、机《つくえ》の上にある物に目を止める。

それは、例の宝箱。

今はもうベッドの下に隠しておく必要はなかった。

「お前はいつまでもこんな物を女々しく……」などと口やかましく言う父親『八神光彦《みつひこ》』が、海外へ単身赴任中で家には不在というのが、その理由だった。

朝の挨拶《あいさつ》とばかりに、ポン！と宝箱の蓋《ふた》を叩《たた》くと、ゆうじは部屋を出ていった。

☆　☆　☆

「優子《ゆうこ》姉ちゃん、おはよう」

「あ、おはよう、ゆうじ。顔、洗ってきた？」

ゆうじの「うん」という返事を合図とするように、再び「トントントントン」といった包丁の音がダイニングキッチンから聞こえ始める。

よくある朝の風景。それゆえに、ゆうじには心地良いものだった。

『八神優子』。ゆうじが中学校に入る前、父親の再婚によって出来た二人の姉のうちの一人で、ゆうじより一歳年上の現在二十歳である。今は亡き二人目の母親の身体が丈夫ではなかったため、学生時代から家事全般をこなし、高校卒業後も大学には進学せず、今はいわば結婚していない専業主婦のような立場にいた。

ゆうじは椅子《いす》に座り、優子の後ろ姿を、腰まで伸びたロングヘアが揺れるのを眺める。

優子の後ろ姿を見るのが、ゆうじは好きだった。

こうして、エプロン姿で料理をしている時の……あるいは洗濯物を干している時の……そして、掃除機をかけている時の……。

自然と優子の後ろ姿を追っている自分に、ゆうじは気付いていた。そのたびに胸の中に暖かいものが広がり、単に『母親代わり』という言葉では説明できない感情が自分の中にあることも。

「……優子姉ちゃん、まだ？」

「もう、ちょっと」

いつものように繰り返される何の変哲もない会話さえも、ゆうじを幸せにする。

そして、それに続く優子の言葉も、いつもと同じだった。

「ねえ、ゆうじ。お姉ちゃん、お願いがあるの。かすみ姉さん、起こしてきてくれない？」

「えっ……！　その……又、俺が行くの？」

これも又、いつものように躊躇《ちゅうちょ》してみせるゆうじだったが、「ねっ、お願い」とウインクして頼む優子の笑顔には勝てなかった。

☆　　☆　　☆

ゆうじは、もう一人の姉、かすみの部屋の前に来ていた。

「しょうがない。今日も気合入れていくか」

何やら準備体操めいたことを始める、ゆうじ。その行動の理由は……？

「かすみ姉ちゃん！　朝だよ、起きて！　もうご飯だよ、かすみ姉ちゃ……」

ドアを開けたゆうじに、殺気が迫る！

「いただきぃ！　どうりゃあああああっ！」

「……って、やっぱりぃいいいいいっ！」

ブゥウン！

間一髪、ゆうじの眼前を紙一重で蹴りが通過していった。

「チッ！　このかすみ様の踵落《かかとお》としを避けるとは、命冥加《いのちみょうが》な奴よのぉ。それでは、もう一発、食らわして……」

「ちょっと待って！　お姉ちゃん、俺だよ、ゆうじだってば！」

「我が弟の名を語るとは、不届き至極！　そこへ直れぇぇぇっ！……なんてな。今日もよくぞ避けたな、ゆうじ。カッカッカッ……」

快活に笑うこの人物こそ、『八神かすみ』。ゆうじのもう一人の姉である。年齢は二十二歳で、ゆうじと同じ北斗学院大学の四年生だ。空手の有段者で、高校時にはインターハイ優勝という輝かしい成績を残している彼女、その表面上の性格は「稽古《けいこ》にはジャマ！」と無造作に短く刈られた髪が、全てを物語っていた。

「姉ちゃんさぁ、毎朝、起こしに来る俺の身になってくれよ」

「でもなぁ、ゆうじ。目の前に誰かの頭があったら、踵落としの一つもしたくなるってのが、人情ってもんだろ」

ムチャクチャなことを言うかすみだったが、ゆうじは彼女を慕っていた。優子が『母親』だとしたら、まるで『父親』のように頼りになる存在だと。もっとも、『父親』なんて言ったら、間違いなく再び蹴りが炸裂《さくれつ》したところだろうが。

「さてと……んじゃ、着替えるとするか」

「えっ……？」

ゆうじが何か反応する暇も与えず、かすみはパジャマの上を脱ぎ捨てた。一応、ゆうじに対して背を向けてはいたが、かすみの揺れ動く巨乳は後ろからでも充分見える。

（かすみ姉ちゃんのオッパイ、やっぱり大きい……優子姉ちゃんのも並以上だけど、かす

み姉ちゃんのは、そんなもんじゃあ……って、俺、何を考えてんだ！）

目の前の光景に錯乱するゆうじに、かすみの一言が追い討ちをかける。

「おっ、ゆうじ、ちょうどいいや、ブラのホック留めてくれよ」

「だだだ、誰がそんなことを……！　そんなことだから、かすみ姉ちゃん、ガサツだって言われるんだよ。お、俺、先に下に行ってるから！」

慌てて、ゆうじは部屋を飛び出していった。

（姉ちゃんはきっと俺をからかってるんだ。それか、男だって思ってないんだ）

そう、姉の心中を想像するゆうじは知らない。彼が出ていったあと少しして、かすみが寂しそうな顔で自分の頭をコツンと叩いたことは。

☆　☆　☆

「優子姉ちゃん、今日の味噌汁《みそしる》、美味《おい》しいよ」

「ゆうじの好きな大根、入ってるもんね」

「優子、牡蠣《かき》はねえのか、牡蠣は」

「姉さん、まだそんな季節じゃないでしょ」

「だからこそ、食いたいんだって、そーいう微妙な女心をだな……」

朝食を囲み、にぎやかな団欒《だんらん》を楽しむ、ゆうじ、優子、かすみ。

ゆうじにとっては二番目の母親、姉妹にとっては実の母親が亡くなって以来、父親の光彦はその悲しみから逃れるように海外へ単身赴任したきりで、こうして三人だけの生活が続いていた。

「あったかくなってきたら、ジンパやりたいね。ゆうじはどう？」

「ジンギスカンパーティか。いいね」

盛り上がる優子とゆうじを尻目に、かすみがズズッと味噌汁をすすって言った。

「いいねぇ、お前たちはヒマで。こっちは毎日スーツ着て、駆け回ってんだぞ」

いつもなら、ゆうじも「よくかすみ姉ちゃんの胸が納まるスーツなんかあったね」と茶化すところだが、ふと浮かんだ想像がそうはさせなかった。

（かすみ姉ちゃんが就職して……俺も大学を卒業する時がきて……そうなったら、俺たち、どうなっちゃうんだろう？　昨日と変わりない今日、今日と変わりない明日……それが永遠に続くわけはないと知っていたはずなのに……）

漠とした不安や怖れを振り払うように、そそくさと朝食を済ませたゆうじは、いつもより早い時間だったが、大学へと家を出ていった。

姉妹二人きりになった食卓では、次のような会話が交わされる。

「……おい、優子。ゆうじには、あのことは話したのか？」

「え？　あの……まだ……」

「オヤジがらみだから、話しにくいのはわかるけどよ。だからこそ、ちゃんと……」

「わかってるわ、姉さん」

ゆうじの想像は、現実のものになるべく動き出していた……。

☆　☆　☆

ゆうじが、地元北海道の北斗学院大学に入学してからもう一ヵ月が立とうとしていた。

いわゆる『五月病』の時期なのだろうが、日々の講義に集中するゆうじには無縁のものだった。

元々、高校時代のゆうじの学力レベルでは、この大学に受かったことは奇跡といえた。その奇跡の要因が姉の優子の助力にあったのだから、ゆうじとしては頑張らざるを得ない。否、ゆうじは頑張りたかったのだ。優子の喜ぶ顔を見るために。

それに、嬉しいこともあった。今でもたまに苦手な語学などに関しては、優子の教えを請うことがある。その際、真剣な眼差しの優子の横顔を間近で見られること、そして、同じ時間を共有できるということは、ゆうじに

とって幸せだったのである。

講義での疲れを癒《いや》してくれるものも、優子の手による、あるものだった。

お昼時の混雑する学食で、それを指摘してくる人物がいた。

「よっ、ゆうじ！　今日も例の弁当か？」

人懐っこそうな笑顔で話しかけてきたその男は、『表三四郎《おもてさんしろう》』といい、ゆうじにとって唯一人、親友と呼べる存在だ。

がっちりとした体格で、現に中学、高校と柔道部に所属していた典型的な体育会系の三四郎。ゆうじとは正反対のような存在だったが、高校で同じクラスになって以来、妙にウマが合った。

二人に共通していることといえば、同じく姉がいるくらいだった。まあ、相性というものはそんなものかもしれない。

三四郎がニヤニヤしながら、ゆうじの弁当を覗《のぞ》き込む。

「お～～～っ、出た～～～～っ！　優子さんのハート弁当！」

そう、ゆうじの弁当は優子お手製のものだ。身体のことを考え、こうして弁当を持たせてくれるのは有り難かったが、一つだけ問題があった。

弁当のご飯の部分には毎日、桜デンブ、かき卵、肉そぼろ等によって、ハートマークが形作られていたのが、それだった。

　もしそれがなかったら、内心寂しく思うゆうじではあったが、こうして他人に指摘されるとやはり照れてしまう。

「よせよ、三四郎。あんまりでっかい声で騒ぐな」

「カッカッカッ、照れてやんの。でも、お前はいいよなぁ、毎日、愛情こもった弁当を作ってくれる、綺麗《きれい》なお姉さまがいて。俺なんて、A定、B定、C定って、学食の定食のローテーションだっていうのによ」

「お前だって、姉ちゃんがいるだろ」

「ウチの姉貴はダメダメ。料理うまくないし、それに弁当作ってくれなんて言ったら、きっと金取るだろうし」

「それを言うなら、ウチのかすみ姉ちゃんだって、料理はまるっきり……」

　そこまで言って、ゆうじは「しまった！」と思った。しかし、その時はもう遅い。三四郎の表情がみるみる変化する。

「か、か、かすみさんは……そのぉ、元気にしてるのかな？」

　たとえ初対面の人間でも、今の三四郎の反応を見れば、彼がかすみに特別な感情を抱いてることはすぐにわかるだろう。

「まあ……元気といえば元気かな。今朝も危うく踵落としを食らうところだったし」

「かすみさんの踵落とし！　く〜〜っ、是非一度、食らってみたい！……というわけで、ゆうじ、又、お前んとこ遊びに行っていいかな？」

「断る」

「えーっ、何でだよーっ！」

「身内ならともかく、他人さまに怪我させるわけにはいかないからな」

ゆうじの立場なら、親友の恋の橋渡し役をしてもいいのだろうが、積極的に動く気はなかった。三四郎が義理の兄になる、そんな状況を想像すると、あまり気が進まないのは事実だったが……。

「もしかして……ひょっとして……まさかとは思うが……そうは考えたくないけど……かすみさん、俺のことを嫌ってるのか？」

「そんなことはないさ。たぶん、三四郎のこと覚えてないだろうし」

「そうか、よかった……って、違ーう！　全然、よくなーい！」

三四郎と、そんな漫才風の会話をしていたゆうじに、一人の人物が声をかけてきた。

「キミが……八神ゆうじくんかな？」

「えっ？　は、はい、そうですけど……」

ゆうじには見覚えのないそのスーツ姿の人物は、格好からして学生とは思えなかった。かといって、長く伸ばした髪はサラリーマンにも見えない。年齢は二十代後半といったところか。あと付け加えるなら、かなりの二枚目だった。

「あっ、浦沢《うらさわ》先生、このあいだはどうも」

三四郎のその言葉で、『先生』という素性を知ったゆうじだったが、やはり記憶にない。

「先生……ですか。あの、どうして、俺……いや、僕の名前を？」

嫌味なくらいに爽《さわ》やかな笑顔を見せる、『浦沢』なる男。

「まっ、今日は顔見せということで。こんな場所じゃあ、ゆっくり話もできないしね。では、いずれ近いうちに……」

そう言って、彼は立ち去っていった。

すぐさま、ゆうじは三四郎を問い詰める。

「三四郎、『浦沢先生』って言ってたけど、あの人って……？」

「俺の取っている『経済論』の講師さ。結構、いい先生だぜ」

「いい先生？」

「このあいだ、そのゼミのコンパがあってな。その時、全部、浦沢先生のオゴリだった」

「三四郎……お前って、オゴってくれる人は全員『いい人』なんだな」

三四郎の人を見る目はともかくとして、『経済論』のゼミを取ってもいない、しかも入学して間もないゆうじにとって、『浦沢』なる人物との接点は皆無だった。

そして、ゆうじは知ることになる。

去り際に浦沢が言った、「いずれ、近いうちに……」という言葉の意味を。

☆　　☆　　☆

それは、その週の日曜日、朝食時の優子の一言から始まった。

「ゆうじ……あのね、今日、ウチに男の人が来るの」

ゆうじの心臓が、ドクンと一つ鼓動を鳴らす。

優子の言葉は続く。

「お見合い……っていうほど正式なものじゃなくて、お姉ちゃん、今日はその人とただ会うだけなの。それで、一緒にかすみ姉さんやゆうじにも……」

突然、飛び込んできた姉、優子の結婚話、その現実を受け入れるより先に、ゆうじはその元凶であろう人物を思い浮かべる。

「優子姉ちゃん、その話を持ってきたのって……」

ゆうじの質問は、電話のベルで中断された。

「はい、八神でございます……あ、お父さん？」

電話を取った優子の言葉は、受話器の向こう側の人物がこの場にいる三人の父親、『八神光彦』であることを示していた。

「えっ？　すぐに答えを出すようにって……そんな、勝手なこと……もしもし、お父さん、お父さん！」

今回の話を持ち込んだのが、想像した通り父親であり、なおかつ、いつものゴリ押しであることが、ゆうじにはわかった。

「……見合いの相手ってのが、オヤジんとこの専務の息子でな。もうすぐ助教授間近の経済学のホープってのが、売りのボンボンだって話だ。オヤジにとっちゃあ、又とない、娘の嫁ぎ先なんだろうな」

父親への嫌悪感を隠しもせず、かすみがゆうじに補足説明をした。

しかし、ゆうじにとって相手のことはどうでもよかった。

（やっぱり、親父か！）

そんな思いが、ゆうじの頭の中を駆け巡る。

一方的に電話を切られ、フーッとため息をついて受話器を置く、優子。

腹立たしさを食欲に転化させ、バクバクと朝食のトーストに食らいついている、かすみ。

目の前の姉二人の様子も、ゆうじの心をかき乱す。

（いつだって、親父はそうだ。何でも勝手に決めて……そう、あの時だって……）

結局、ゆうじの思考は過去のあの出来事に、拭《ぬぐ》いようもない過去の傷に行きついてしまう。それは、彼自身も決して望むものではなかったのだが。

かすみの補足説明の中にも一つ、気になることがあった。

「助教授間近の経済学のホープ……」という部分がそれだった。

（もしかして、この前の……）

ゆうじと目を合わせた時、浦沢の目が悪戯《いたずら》っぽく微笑《ほほえ》んでいたことも、それを物語っていた。

☆　　☆　　☆

「どうも、浦沢慎太郎《しんたろう》です」

お昼を少し回った午後、八神家に姿を現したのは、やはりと言うべきか、以前に大学の学食で話しかけてきた人物だった。

優子が浦沢を丁重にリビングルームに案内し、家族を紹介していく。

「姉のかすみです。姉さん、こちらが浦沢さん」

かすみはソファーにふんぞり返ったまま、「フン！」と、たった一言。

当然、優子はその失礼な態度に慌てる。

「ちょ、ちょっと、姉さん！　浦沢さん、すみません」

「いえ、気にしてませんから。なかなか……そう、個性的なお姉さんですね」

浦沢の物言いが気に入らないようで、かすみの表情はますます不機嫌になった。

優子も「こういう時の姉さんは刺激しないほうがいい」と心得ていて、次の紹介に移る。

「弟のゆうじです。ゆうじ、こちらが浦沢さん」

「ゆうじくん、この前は不躾《ぶしつけ》なことをして済まなかった。こういうお見合いみたいなものって、どうも馴れなくてね。探りを入れる、というか、本人に会う前に周りの人間、つまり弟のキミに会っておこうと思って」

「えっ？　浦沢さん、もうゆうじと……？」

「ゆうじくんに何も説明しなかったのは、少しまずかったかな。彼が僕のゼミを取ってくれていたら、よかったんだけど」

「もう少し早く浦沢さんのことを知っていたら、ゆうじもきっと……」

浦沢と優子の会話が弾む中、ゆうじはまだ一言も言葉を発していない。

浦沢に対してどういう態度を取ったらいいのかわからないのと同時に、何かとんでもない言葉を吐いてしまいそうだったからだ。

無言のゆうじに、優子も気付いた。

「ゆうじ……ほらっ、浦沢さんに御挨拶しなさい」

「………」

「ハハッ……緊張してるみたいだね」

「すいません、浦沢さん。弟は少し人見知りする性格なもので……」

「いいよ、そんなに気を遣わなくても、優子ちゃん」

浦沢のその一言を聞いた時！　ゆうじはリビングを飛び出した。

「ゆうじっ！」

自分を呼び止める声、それが二人の姉の声が重なって聞こえたものだとわかった。それでも、ゆうじはそのまま家からも飛び出していった。

☆　☆　☆

気が付くと、ゆうじは近くの河原に来ていた。

川面を通り過ぎ、少しひんやりとする風を身体に受けながら、草の上に寝転んでいた。

今の平穏な生活が変わってしまうことへの不安……自分勝手に物事を進める父親への不満……過去の出来事への遺恨……浦沢が訪れる前にゆうじが感じていたそれらの思いが、あの一言に全て吹き飛ばされてしまった。

浦沢が「優子ちゃん」と姉を呼んだ、あの一言に。

加えて、浦沢に気遣いを見せる優子の姿は、ゆうじに一つの情景を連想させた。すなわち、優子と浦沢が愛し合い、結ばれるといった未来を……。

「……いやだ、そんなの！」

思わず口を突いて出てくる、正直な拒絶の言葉。

それが、ゆうじにあることを気付かせる。

前に、三四郎がゆうじに指摘したことがあった。

「ゆうじはよぉ、言ってみれば、重度のシスターコンプレックスだよな」

その時は口では否定したゆうじだったが、心の中では「そうかな」と思っていた。

でも、本当は違った。今、それがわかったのだった。

「俺は、優子姉ちゃんのことを……」

それに続く「……好きだ」という言葉は、たとえ独り言とはいえ口には出せないのが、ゆうじの性格だった。

だが、口にはしなくても、それがゆうじの偽りない気持ちには間違いなかった。

「こんな気持ちに気付いてしまって……俺はどうしたら……」

その問いに対する答えを見つけられるのは自分だけだということに、この時、まだゆうじは気付いていなかった……。

夕闇迫る頃、寝転んだゆうじの上に影が出来た。

「えっ……あ、かすみ姉ちゃんか」

訪れた影の正体が優子ではなくかすみであったことに、わずかに落胆を見せる、ゆうじ。

かすみもそれを察するが、表情には出さず、ゆうじの顔を覗き込む。

「やっぱ、ここに来てたか。まったく、急に飛び出しやがって、こいつぅ」

「……浦沢さんには、悪いことしたな」

「気にするな、あんな奴。だいたい、『慎太郎』なんていう大層な名前で、しかも金持ちなんだから、それらしく振る舞えってんだ。それを妙にフレンドリーな態度でよ。姉ちゃんの見たところ、アイツは相当なプレイボーイだな」

かすみが、ゆうじの横に並んで座った。

横に誰かがいるだけでさっきまでの寒々しさが消えていくように、ゆうじは感じた。

「お前が出ていったあと、アイツと優子があんまりにも上っ面ばっかりの会話をしていたからさ。姉ちゃん、アイツに腕相撲しようってけしかけたんだ」

「腕相撲……？」

「勝ったら優子はくれてやる、負けたら諦《あきら》めろ、って条件出してな。けど、優子に邪魔された。やってれば、絶対に姉ちゃんが勝ってたのにな」

その時の光景を想像して、ゆうじがプッと吹き出す。

それを見て、かすみの表情にもホッとしたものが浮かんだ。

「……帰ろう、ゆうじ。いつまでもあいつらを二人っきりにしておいて、何かあったりしたら大変だしな」

「うん。そのぉ、かすみ姉ちゃん……」

「ん？　何だ？」

「えーと、あの……何でもない」

かすみに向かって言おうとした「ありがとう」という言葉を、ゆうじは喉《のど》の奥にしまい込んだ。

恥ずかしいというのもあったが、口には出さなくてもかすみなら自分の気持ちをわかってくれているだろうと、ゆうじは信じていた。

☆　☆　☆

ゆうじがかすみと家に戻ると、もう浦沢の姿はなかった。

「浦沢さんにも食べてもらおうと思って、夕食、用意したんだけど……浦沢さん、『今日はこれで帰ったほうがいいかな』って言って」

優子のそんな一言も気になって、ゆうじは「ごめんなさい」と謝るタイミングを逃がし、夕食が終わるとそのまま部屋に閉じこもってしまった。

ちなみに、浦沢に用意された分の夕食は、かすみの胃袋の中に当然のように納まった。

机に向かい、明日の講義の予習でもしようと思うゆうじだったが、やはり優子のことが気になっていた。

(やっぱり昼間のこと、ちゃんと優子姉ちゃんに謝ったほうがいいよな)

優子に対してはどうしても素直になってしまう、ゆうじであった。

とはいうものの、自分の気持ちに気付いてしまった今となっては、優子と面と向かうことに照れを感じてしまい、ゆうじは彼女の部屋の前で立ちすくむ。

(えーい、ウジウジしててもしょーがない。ここは開口一番、「ごめんなさい」だ!)

少々やけくそ気味のゆうじは、ついノックを忘れてしまった。

「優子姉ちゃん、俺……」

それが思わぬアクシデントを呼んだ。

「えっ、ゆうじ……」

着替えようとしていたのか、優子が身に着けているのは下着だけだった。ほんの数秒、そのまま見つめ合っていた二人だったが……。

「ゆ、ゆうじっ！　ちょっと、今、着替えてるから……」

「こ、これは故意にやったわけじゃなくて、俺、昼間のことを謝ろうと思って……」

ゆうじは慌ててドアを閉め、所期の目的を果たす。

「と、とにかく、一切合切、ひっくるめて……優子姉ちゃん、ごめんなさい！」

「ゆうじ……その……浦沢さんにもこの次、会ったら謝っておくのよ。ゆうじももう、ほらっ、大学生なんだから、そういうことはキチンとしないと……」

いつもにも増して母親のような口ぶりを優子がしてしまうのも、照れ隠しの意味合いがあった。年齢のわりには男性に対して奥手の優子である。弟とはいえ、下着姿を見られたことで、優子の頬《ほお》はトマトのように赤く染まっていた。

一方、ゆうじはというと、受けたショックはその比ではなかった。

自分の部屋に戻ったあとも、ゆうじの胸は激しく鼓動を繰り返していた。それに合わせるように、今さっき見た映像が次々と蘇ってくる。

清楚《せいそ》な白い下着、なだらかな曲線を描く腰、一片の染みもない肌、ちょこんとアクセントのようにつけられた可愛いおヘソ……そして、何よりも胸、オッパイ！

W.C

（姉ちゃんの手じゃあ隠しきれてなかったよな、あのオッパイ……あれにもし触ってみたら、どんな感触が……）

「何を考えてるんだ、お前は。相手は姉ちゃんなんだぞ」と、理性という名のもう一人の自分が告げる。それでも脳裏に浮かんだ残像は止まらない。

（一瞬だけチラリと見えた乳首……あれを赤ちゃんみたいにしゃぶってみたら、優子姉ちゃんはどんな反応を……）

いつしか胸の鼓動は、下半身の脈動に変わっていた。

この日の夜、ゆうじはある禁を破ることになる。

中学生の時に初めて自慰行為を経験した。それ以来、二人の姉を絶対に妄想の対象にはしないと誓った、禁を。

☆　☆　☆

「ゆうじ……はい、お弁当」

「うん。じゃ、俺、行ってくる」

「行ってらっしゃい」

ゆうじを大学に送り出したあと、がらんとして静かになった家の中で、優子の専業主婦としての仕事は再開される。朝食の後片付け、洗濯、掃除……と、主婦の仕事は尽きない。

「さて……次はゆうじの部屋ね」

男にしてはキレイ好きのゆうじだったが、それでも細かいホコリやチリは溜まるし、目の行き届かない場所もあるのが現実だ。

「……ん？　これって……」

優子の目が、机の上にある例の宝箱に止まった。以前から少し気になってはいたのだけれど、今日はなぜか特に興味をそそられる。

「貯金箱……じゃないわよね。どちらかっていうと、宝石箱かしら」

手にとって眺めてみる優子だったが、詮索《せんさく》はそれで終わった。

「やめとこう……きっと大切なもの入れてるんだろうし」

優子は、慎重に元あった場所に宝箱を戻した。

（ゆうじの大切なものってなにかしら？）と、依然、好奇心は残っていたが。

掃除の途中、他にも目についたものがあった。

さっきの宝箱のような、一種ロマンチックなものとは相反するもの、男性の欲望を高揚させ昇華させる目的を持つ出版物……端的に言えば、エロ本である。

「『巨乳おねえさん』……《みんなEカップ以上！　ムチムチ巨乳イメクラ嬢》？」

つい口に出して表紙のタイトルを読み上げてしまう、優子。続いて、自分の胸に視線も送ってしまう。

「ゆうじったら、こんな見つけやすい所に隠したりして……もしかして、わたしに見せつけようとして……まさかね」

掃除の手を止め、優子はゆうじのベッドに腰を下ろし、物思いにふける。

（……でも、ゆうじももうエッチぐらいしても、おかしくない年頃なのよね。初めてあった時はまだ小学生だったのに、今は大学生で、そして、数年後には……）

優子が高校を出てすぐに専業主婦になったのは、ゆうじのためだった。

大学受験を諦めたのも、成績や経済的な問題ではなく、ましてや強制されたわけではない。ゆうじが家に帰ってきた時、そこに『家庭』を作っておきたかったからだ。

少々平凡で退屈ではあったが、主婦としての毎日に満足感を覚えるようになった。それが優子の現在の本音である。

でも、今のように、明日よりも先にある将来のことを考えると、何となく不安を感じてしまうのも又、事実だった。

（お父さんが一方的に持ってきた、お見合いの話だけど……もしかして、いいきっかけになるのかなぁ）

その時、階下の電話が鳴った。

階段を降りていって、優子が受話器を取ると、電話の主は浦沢慎太郎だった。

（まるで、テレパシーでわたしの心を読み取ったかのようなタイミング！）

優子の心の隙《すき》を突いて、浦沢はやや強引に話を進めていく。

「今日、会えないかな。駅前に三時ってことで、どう？」

「えっ、ちょっと、急にそんなこと言われても……」

「三十分ぐらいでいいんだ。どうしても、キミの顔が見たくてね。じゃあ、よろしく」

この勝負、先に電話を切ってしまった浦沢の勝ちだった。

☆　☆　☆

勝負に負けた優子は今、浦沢と駅前の喫茶店にいた。

「……その袋の中身は、夕飯のお買い物かな、優子ちゃん」

「ええ。そのぉ、せっかく外に出たもので、つい……」

「というより、僕と会ってくれたのも、買い物のついでなのかな。ハハハ……」

屈託のない笑顔、加えて、昨日の弟の不始末も快く許してくれた浦沢に対して、優子は好感を持つ。

「……今日、院生の一人とちょっと論争になっちゃってね。ついつい、僕も若かった頃に戻って熱くなってしまったよ」

「凄《すご》いんですね。わたしには想像できない世界って感じで」

「そうでもないさ。大学院なんて、自分の殻に閉じこもりがちな人間が多くてね。だから、たまには議論でも戦わせて、外に目を向けさせる必要があるんだ」

自分とは違う世界の人と会話する楽しみ、それを優子は感じていた。

そのせいか、結婚うんぬんはともかく、

（又、会ってもいいかな……）

と、思う優子だった。

二人で談笑する姿を、ゆうじに見られたとは知らずに。

☆　☆　☆

ゆうじは、駅前の人の流れに反して、一人佇《たたず》んでいた。

偶然という運命と、自分の視力の良さを恨みながら。

しばらくして、ゆうじは走り出した、いや、逃げ出した。

作り笑いではない、優子の楽しそうな笑顔から。そして、それを向けられている浦沢という自分以外の男の存在から。

辿り着いたのは、昨日と同じ河原だった。

ゆうじの心のどこかに、ここにいればいつかは二人の姉のどちらかが……といった甘えがあるのかもしれない。

少し落ち着きを取り戻したゆうじは、さっきの光景を冷静に分析する。

（昨日の今日でもう会っているということは……優子姉ちゃんはあの人と……）

導き出される結論は、「二人が付き合いを始めた」という、ゆうじにとって残酷な現実だ。

それでも、ゆうじは諦めきれない。

（もし、優子姉ちゃんに直接、聞いてみたら……姉ちゃんはどう答えるだろう）

ゆうじには、優子の返事が容易に想像できた。

「単に、友達として付き合うだけよ」

控え目な優子なら、そう答えるだろう。あるいは……、

「別に今は付き合う気はないわ、わたしは」

慎重に言葉を選んで、そう答えるかもしれない。

そして、どんな言葉を聞いても、自分の心が休まらないであろうことに、ゆうじは気付いていた。

（……姉ちゃんが誰をどこまで好きになろうと、それは姉ちゃんの自由なんだよな）

それは、すなわちゆうじ自身に関してもそうなのだが、彼はそこまで頭が回らない。

だから、こんな言葉をポツリと呟《つぶや》いた。

「なぜ、俺は優子姉ちゃんを好きになっちまったんだろう」

意外なことに、ゆうじの呟きにどこからか返事が返ってきた。

「スト〜〜〜ップ！　そこまでーっ、そこまでよーっ！」

「えっ？　だ、誰？」

声の主を探そうと辺りを見回すゆうじだったが、すぐには見つからない。それもそのは

ず、声の主は足首ほどの所ではあるが、川の中を歩いていたのだから。

「そこのキミ、『なぜ？』なーんて考えちゃダメ！　恋する気持ちに理由なんてナッシングなんだからねーっ。キャハハハ……」

長い髪をポニーテールにまとめ、眼鏡がよく似合う美人……通常の出会いならそういった印象だったはずだ。しかし、靴を片方ずつ両手に持ち、妙にハイテンションで川の中をザブザブと歩いている今の彼女は、とても美人という言葉では括《くく》れない。

「あの……そんなとこで何をしてるんですか？」

「私？　ちょっと酔いが回ってきちゃったから、醒《さ》まそうと思って。キャハハハ……」

彼女が『酔っ払い』と知って、(これは関わらないほうが、吉)と考える、ゆうじ。

「そうですか……じゃあ、そーいうことで、俺は……」

「こらこら、待ちなさいってば！　私がこーんなにゴキゲンなのに、どーしてキミはそんなに暗ーい顔してるのよ。それって不公平でしょうが！」

「ムチャクチャ言わないでくださいよ。そろそろ、俺、帰らないと」

眼鏡の奥で、酔っ払い女の目がキラリと光った。

「そんな薄情なこと言うんだったら、私にも考えが……切り札、出しちゃうからね！」

「切り札って……？」

「さっき、キミの言ってたこと、大声で叫んじゃうんだから！　えーと、確か『好きだ』

とか何とか……そう！　『姉ちゃん』！　『姉ちゃん』だったわよね」

「ちょ、ちょっと、何を！」

　予想外の展開に驚くゆうじに構わず、彼女は声を張り上げた。

「皆さーん、ここにいるボクは、さっきこう言ったんですよーっ！　『俺は若いネーチャンが好きだーっ』って言ったんですよーっ……あれ、ちょっと違ったかな？」

「全然、違いますって！　いや、そーいう問題じゃなくて……とにかく、これ以上、叫ぶのはやめてくださいって！」

　慌てて彼女の発言を止めようとした結果……、
　ざっぱ～～～ん！

　待っていたのは、二人揃《そろ》って川に腰まで浸かり、濡《ぬ》れネズミになるといった、お決まりの展開だった。

「あーあ、二人とも、ビショビショだねぇ。まっ、いいか。これで不公平じゃなくなったわけだしぃ。キャハハ

ハ……」

実際、笑い事ではない状況だというのに、ゆうじもなぜか口元に笑みが浮かんできた。

「あっ、やっと笑ったねぇ、キミ」

「とりあえず、どうしましょうか。いつまでもこのままじゃ……はっくしゅん！」

「風邪ひいちゃうよね。じゃあ、ウチの店に行こうよ」

「店？　店って……？」

戸惑うゆうじに、彼女は言った。

「私は、美礼《みれい》よ。よろしくね」

☆　☆　☆

濡れた服を脱ぎ、シャツとトランクスといった状態のゆうじは、カウンターにある椅子に腰を下ろしていた。美礼から渡されたタオルのおかげで、身体も幾分、乾いてきている。

カウンターから見える入口、そのガラスには『喫茶かんぱねるら』とある。

店の奥から、着替え終えた美礼が出てきた。身に着けているのは、エンジ色の喫茶店の制服らしきもので、可愛いエプロンのオプション付きである。

「ジャーン！　どう？　この制服、自分でデザインしたのよ。これでゆうじクンも信用したでしょ、私が喫茶店のマスターだってこと」

「別に疑ってたわけじゃないですけど……」

実を言うと、思いっきり疑っていたゆうじだった。

ここ、喫茶『かんぱねるら』に来る途中で、双方、自己紹介は済ませていた。

彼女のフルネームは、『小野《おの》美礼』、ここ喫茶『かんぱねるら』の女主人であり、現在二十五歳の未亡人というのがそのプロフィールだ。

喫茶店の女主人という肩書きは、今の状況ではもうゆうじも信じざるを得ない。だが、自分より六歳も年上で、しかも未亡人というのは、ゆうじが美礼から実際に受けていた印象からは遠くかけ離れていた。

ゆうじの抱く『未亡人』のイメージが『どこか影のある、落ち着いた和風美人』というオリジナリティの乏しいものだったせいもあるが。

「ゆうじクンの服、今、乾燥機にかけてるから。それまで旦那さんのお古で悪いんだけど、これ、着ていてね」

「あ、どうも。このお店……『かんぱねるら』でしたよね。最近、出来たんですか？」

「うん、この四月からね。知らなかった？　うーん、宣伝がイマイチ行き届いてないってわけね。これは経営者としては考えないと……」

「あっ、そんなことは……俺、サークルとかに入ってないし、あんまり喫茶店とかに寄るほうじゃないから知らなかっただけで……」

「ダメじゃない、そんなんじゃ！」

美礼は「バンッ！」とカウンターを手のひらで叩いて、力説し始める。

「コーヒー一杯で如何《いか》に長時間、粘れるか、そういった喫茶店を見つけるのは、学生の本分じゃない！　あと、金がない時にツケが利くかどうかとか、『マスター、いつもの』と言うだけで注文が済んでしまうような常連になるとか。あとは、えーと……」

「わ、わかりました。俺も学生の本分というか……とにかく頑張ってみます」

「うむ、わかればよろしい」

「でも、もう新しく見つける必要はないような……この『かんぱねるら』でいいかなって。あっ、いいかな、なんて、生意気でしたね」

ゆうじの言葉は別にお世辞ではなかった。そんなに広くはないが、内装のデザインのせいか、開放的な雰囲気がある喫茶『かんぱねるら』は、ゆうじにとって親しみやすいものがあった。それはマスターである美礼の存在が大きかったのかもしれない。

「そ、そう？　ありがと」

そう言って嬉しそうに微笑む、美礼。その表情は、乾かすためにポニーテールを解いた髪とあいまって、ゆうじに初めて年上の女性の艶《つや》を感じさせた。

「あの……えーと……あっ、今日は店は定休日だったんですか？」

「うん、まあ……年に一度のね」

美礼の微妙な言い回しが、ゆうじには引っ掛かる。

「年に一度というのは……」

「あっ、コーヒー飲まない？　身体、冷えちゃったでしょ」

「ええ、まあ」

「じゃあ、アイリッシュ淹《い》れてあげる。お酒入れてね、上にクリームをのっけるの。甘いけど美味しいのよ。ちょっと待っててね」

そそくさと美礼は厨房に入っていった。

（巧くはぐらかされたのかな）と、ゆうじが考えていると厨房から、
どんがらがっしゃ～～ん！

と、何かをひっくり返す大きな音。続いて、

「あ～ん、また、やっちゃったぁ！」

と、美礼の間延びした悲鳴が聞こえてきた。

やれやれと思いつつ、ゆうじはあることに気付いた。

（人見知りする俺が、初対面の美礼さんと普通に話をしている。これってつまりは相性なのかな）

そう考えると、まだコーヒーを飲む前なのに、ゆうじは冷えた体が温かくなっているような気がした。

ちゅど～～～ん！

「いや～ん、もう、どうなってるのよぉ！」

次に聞こえてきた意味不明の爆発音と美礼の叫びに、自分はどんなものを飲まされるのだろう、といった不安が込み上げてはきたが。

☆　☆　☆

その頃、八神家では……。優子とかすみが夕食を摂っていた。

ガツガツと、まるで食べ物のほうが口の中に飛び込んでいっているように食事をする、かすみに比べて、優子の箸《はし》は止まったままだ。

「ねえ、姉さん」

「ん？　なんだ？　まさかお代わりがないとか恐ろしいこと言うんじゃないだろうな」

「そうじゃないわよ！　ゆうじ、遅いなって……せっかくゆうじの好物、作ったのに」

「それで、今日のオカズは肉じゃが、だったのかーっ！　我が愛しき妹、優子よ、たまにはアタシの好物も頼むぜ」

「姉さんの好物に合わせてたら、ステーキだ、カツだってメニューが片寄っちゃうでしょ。食費だけでウチの経済が破綻《はたん》すること間違いなしだわ」

他愛もない言葉の応酬ののち、二人の会話はしばらく止まる。

…………。

優子とかすみの頭をよぎるのは、ここにはいない三人目の家族のことだろうか。

「……優子、お前、アイツと会ったろ」

先に沈黙を破ったのは、かすみだった。

「えっ？　あいつって……浦沢さんのこと？　どうして知ってるの、姉さん」

「まあな。ほら、『壁に耳あり、障子に目あり。ホントにあったら恐ろしい』ってよく言うだろ」

「後半の部分は言いませんっ！」

「実はカマかけてみたんだけどな……問題は、お前がアイツと会ってたことをゆうじが知ったら、どう思うか、だ」

「ゆうじ……どうして、浦沢さんのこと気に入らないんだろう。浦沢さん、いい人なのよ。今日だって、結婚とかはまだ考えなくていいからって言ってくれたし」

かすみは内心、苛立《いらだ》っていた。

「相手がどうのこうのじゃない！　ゆうじはお前のことが好きなんだぞ！」

そう言って、鈍い妹を怒鳴りつけてやりたかった。でも、かすみにはそれができない理由があった。だから、代わりに出てきた言葉は次のものだった。

「……オヤジが絡んでいるからな。どうしたって、ゆうじは……」

「そうね。お父さんのこととなると、ゆうじったら……。それで、姉さんは浦沢さんのこと、どう思ってるの？」

「ブ～～ッ！　ＮＧだな」

　このことに関しては、ストレートに発言するかすみだった。

「どうしてよ、姉さん。理由、教えてよ」

「お前と結婚したら、アイツが義理の弟になるわけだろ。ああいうタイプは苛《いじ》めがいがないから、イヤだ」

「苛めがいって……じゃあ、姉さんはわたしの将来の旦那様に対しても、ゆうじにするみたいに蹚落としを……」

「ゆうじみたいにとか言うな！」

　いきなり大声を出すかすみに、優子は面食らう。

「姉さん……？」

「アタシは、ゆうじのことを義理の弟だなんて思ったことはないっ！　ゆうじは……ゆうじは、アタシにとって……」

「わたしもそういう意味で言ったわけじゃあ……わたしだって、そうだよ。ゆうじのことは本当の弟だと思って……」

　気まずい雰囲気の中、かすみはダイニングを去ろうと、席を立った。

　呼び止めるように、優子が声をかける。

「あ、そうだ。姉さん、ゆうじの部屋にある宝箱みたいなもののこと、知ってる？」

「……知らない」

かすみは、ぶっきらぼうにそう答え、二階に上がっていった。

しかし、開けた扉は自分の部屋のではなく、ゆうじの部屋の扉だった。

「なーにが、今頃、宝箱だよ、優子の奴！　アタシなんて、ずーっと前から知ってるんだよっ！　それに、ゆうじのことだって……」

かすみは大きく息を吸い込んだ。

ゆうじの匂《にお》いで胸が一杯になると、鼓動が早まっていく。

「ゆうじ」「ゆうじ」「ゆうじ」……と、目の前にいない相手を追い求めるように。

かすみは、いつからゆうじを男として意識し始めたのか、自分でもわからなかった。

ただ、『恋』という言葉の本当の意味を知った時にはもう、ゆうじのことが好きになっていたのは事実だった。

ゆうじの前では、ひたすら『姉』でいようと思う反動か、こうして一人になると恋する『女』の面が強く出てしまい、かすみは今のような行動に出てしまう。

「……バカだよな、実際」

涙が滲《にじ》んできそうになるのを苦笑に変えて、かすみはゆうじの部屋の扉を閉める。

閉められた、厚い扉……。それは、自分とゆうじの間にも見えないが存在しているように、かすみは感じた。

☆　☆　☆

日々は流れ、五月も半ばになった。

かすみは、就職活動のため会社訪問の毎日だ。

優子は地道な専業主婦の生活と平行して、喫茶店で話す程度のものだったが、浦沢とのデートを続けていた。

そして、ゆうじは……。

「あったかくなってきたな……というわけで、ジンパやらないか、ゆうじ」

「唐突だな、三四郎。うーん、ジンギスカンパーティー……か」

授業の合間の学食でのひととき、三四郎がジンパを話題にしてきた。

「それでさ……できたら、かすみさんも呼んでさ」

相変わらず、爽やかなほどに魂胆が見え見えの三四郎だった。

「俺は別にやってもいいけど……かすみ姉ちゃんの食べる量ってハンパじゃないぞ」

「そうか、かすみさんって大食いなんだ。なるほど、その栄養が全てあの見事な胸に……」

うーん、実に説得力あるなぁ」

「おいおい、俺だからいいけど、そーいうことをかすみ姉ちゃんの前で言ったら、確実に必殺の裏拳《うらけん》が飛んでくるぞ」

「この、表三四郎さまに、かすみさんの裏拳とは！　グッドなジョークだぜ、ゆうじ」

「だから、ジョークじゃないって」

「きゃっほ〜〜〜っ！　このジンパで、かすみさんとの距離を一気に縮めるぞーっ！」

異様なノリではしゃぐ三四郎には、もうゆうじが何を言っても無駄だった。

その日の夕食時、ゆうじは早速、ジンパの話を持ち出した。

「……あのさ、三四郎がジンパやらないかって言ってきてるんだけど」

「ああ、もうそんな時期なんだねぇ」

と、しみじみと、優子。

かすみも、『ジンパ』→『肉』→『食べたい』と瞬時に反応し、目を輝かせる。

「それで、姉ちゃんたちもどうかって、三四郎が……」

「ジンパはいいが、三四郎ってのは誰だ？」

「姉さん、ほら、ゆうじの高校の時からの友達の……」

どうでもいい男の名前は覚えない、という特技をかすみは持つ。

「あーあ、確か……裏ビデオ、とかいう奴だったたな」

あまりといえばあんまりなかすみの言葉に、思わずツッコむ、ゆうじと優子。

「ビデオって何だよ、かすみ姉ちゃん！　それに『裏』じゃなくて『表三四郎』！」

「どうやったら、そんな間違いするのよ、姉さんったら」

「はいはいはいはい。で、肉は向こう持ちなんだろうな、当然」

「当然って、俺に言われても……」

「何、言ってるんだよ、ゆうじ！　誘ったほうが肉を用意する。これはまだジンギスカンが源義経と呼ばれていた頃からの決まりで……」

かすみの冗談は軽く聞き流して、ゆうじは優子に視線を送る。

「あのぉ……優子姉ちゃんはどうする？」

「そうねぇ……」

最近のゆうじは、浦沢の件が引っ掛かっていて、優子に対して日常会話以外はどこかぎこちなくなっていた。

「何て言うか……俺一人だと、もしかすみ姉ちゃんが暴れた時、抑えられないだろ。だから、優子姉ちゃんがいてくれたほうが……」

「こらこらっ、ゆうじ！　アタシは危険人物かってーの！」

「そう」

「あっさり答えるなぁっ！　そーいう奴にはお仕置じゃぁぁぁっ！」

いつもの姉弟のコミュニケーション、ドタバタを繰り広げる二人を横目にしばらく思案したのち、優子は言った。

「うん！　わたしもジンパ、久し振りだし。行こうかな」

その一言が、今のゆうじにはとても嬉しく思えた。

☆　☆　☆

北斗学院大学内の一部を借りて、ジンパは行われた。

ゆうじを含め数人の学生たちが集う中、一人張り切っていたのは、無論、主催者の三四郎だった。

「おーい、ビール、来てるかー！　よしよし、タレの味はこんなもんでいいな……いやー、天気も上々、これも俺様の人徳だな。ガハハハ……」

三四郎の浮かれ具合が最高潮に高まり、ついでに声まで上ずっていったのは、やはり、かすみが姿を現した時だ。

「よぉ、来てやったぜ！」

「な、なんと！　全て準備が整った瞬間に現れるとは、さすがはかすみさん、豪快ッス！かすみさんとジンパできる俺は幸せ者ッス！」

「肉は大量に用意してあるんだろうな？」

「ばっちりですよ、かすみさん」

肉があると聞いて、かすみは初めて三四郎の存在が目に入ったようだ。

「おお、偉いぞ。ん？　お前は……確か……裏……裏日本くん！」

「……あのぉ、俺、『表』です。それに、かすみさん、それってヤバイですってば」

「わりぃ、わりぃ。まっ、気にするなって。ワッハッハッハ……！」

「そ、そうですね。ウハハハハ……！」

揃って馬鹿笑いをするかすみと三四郎に圧倒されながらも、ゆうじが口を開く。

「かすみ姉ちゃん、その……優子姉ちゃんは？」

「優子なら、どこか寄る所があるとか言ってたぞ。案ずるな、ゆうじ。肉は優子の分までちゃーんと、このかすみお姉さまが腹に納めてやるから」

「あのね、かすみ姉ちゃん、そーいうことを言ってるわけじゃぁ……」

そんなこんなで、うやむやのうちにジンパは始まった。

「かすみさん、この肉、いい感じで焼けてますよ」

「おお、気が利くなぁ。えーと……表……表一太郎くん」

「『一太郎』って、それじゃあワープロソフトじゃないですか。『三四郎』です。『表三四郎』を、『表三四郎』をお忘れなく！」

「バッキャロー！　選挙演説じゃないってーの！」

もう酒が回っているのか、あるいはコイツなら多少は殴っても大丈夫と判断したのか、かすみの鉄拳が三四郎の顔面に決まった。

バキィィィッ！

「ぐはあっ！　さすがはインターハイ・チャンピオン！　パンチの軌道が読めない……でも、感激ッス！」

宴《うたげ》も盛り上がり……と言ってもいいのだろうか。とにかく、三四郎がかすみに三発ほどツッコミを食らい、酒の呑《の》めないゆうじが缶ビールを一本空けた頃だった。ようやく、優子が姿を見せた。

「……遅れてごめんね、ゆうじ」

「やぁ、ゆうじくん。今日はお招きありがとう」

優子と並んで歩いてきたのは、浦沢慎太郎だった。

ゆうじは一気に酔いが醒めるのを感じた。

「ウチに来てもらった時、あんなだったでしょ。だから、今日はゆうじと慎太郎さんが、改めて顔を合わせるいい機会だと思って」

優子の言葉は更にゆうじを落ち込ませた。その内容にではない。優子が『浦沢さん』から『慎太郎さん』と名前のほうで呼ぶようになっていたことがショックだったのだ。

「表くん、お邪魔させてもらうよ」

「あっ、浦沢先生。どうぞ、どうぞ」

「なんだ、優子、遅かったな。さあ、食え、食えーっ！　今日の夕食の分まで食い溜めしとかなくちゃな」

「もう、姉さんったら恥ずかしいこと言わないでよ！　あっ、慎太郎さんは、飲み物はビールでいいですか？　それとも……」

すんなりと宴の輪に加わる浦沢。そして、その彼に気配りを見せる優子。

ゆうじの中で、ますます疎外感が広がる。

「……俺、ちょっとトイレに行ってくる」

ゆうじの言葉を聞いた者が……そして、それに返事をした者がいたかどうかは、彼には関係なかった。

ゆうじは、その場に戻ることはなかったのだから。

☆　☆　☆

カラン……！　喫茶『かんぱねるら』のドアベルが音を立てた。

入ってきたのは、ゆうじだった。

「いらっしゃいま……あれっ、ゆうじクンじゃない！」

酔いは醒めてはいたが、まだ顔を真っ赤にしたままのゆうじは、何も言わずに黙って、カウンターの席に着いた。

あの河原での出会い以来、しばしばこの店に訪れていたゆうじの座る場所は、いつもその場所だった。口には出さなかったが、つまりゆうじは美礼と直接顔を合わせ、言葉を交わすことを望んでいたわけで、彼女のほうもさり気なく自然とその席を空けておくようになっていた。

美礼は、今のゆうじの様子がいつもとは違うことに気付いても、

「何か、あったの？」

と、聞くことはなかった。ゆうじの前に水の入ったグラスを置いたあとは、ただニコニコと笑っているだけである。

外見はオトボケに見えても、それが二十五歳の大人の女が持つ、優しさなのだろう。まだ若いゆうじにはそれがもどかしくもあり、つい皮肉めいたことを言ってしまう。

「……今日もお客、あんまり入ってないようだけど、この店、大丈夫なの？」

「そうなのよ。昼間っから顔を真っ赤にした酔っ払いが入ってきちゃったから、他のお客さん、逃げちゃったみたい」

「えっ……あ、あの、ごめん、美礼さん、俺……」

「ウソよ、ウソ！　ウチのお店、学生相手だから、今日みたいな休日のこの時間はいつも、こんなものなの！　フフフッ……」

(……やっぱり、美礼さんにはかなわないな)

そう実感する、ゆうじだった。落ち込んでいた気分が一気に好転するわけではないが、美礼の前では不機嫌な顔を続けられはしないと。

「……ゆうじクン、いつものでいい？」

タイミングを見計らったように、美礼はオーダーを聞いた。

「うん。アイリッシュ・コーヒーで」

もしも尻尾《しっぽ》が付いていていたらパタパタと振ってるんじゃないかといった足取りで、美礼は厨房に入っていった。

顔が見えない気安さで、ゆうじは前から気になっていたことを尋ねてみる。

「美礼さんの名前って、どういう字を書くの？　まさか、外人ってことはないと思うけど」

「よくぞ聞いてくれました！　美しいに、礼儀正しいの礼で、『美礼』よ」

「そうなんですか。随分、ギャップがあるような……」

「ん？　なんか言った？」

手にアイリッシュ・コーヒーを持ち、姿を見せた美礼が、可愛らしくゆうじを睨《にら》みつける。

「いえ、その……珍しい名前だなぁって」

「そうなの。中身はフツーなのにね」

「どこが普通なんです？」と言おうとしたゆうじの言葉を予期してか、美礼はアイリッシュ・コーヒーをズイッと彼の目の前に差し出した。

「ゆうじクンも私のこと、フツーだって思うでしょ！」

その迫力に「はい」と頷《うなず》くしかないと思いながらも、ストレートに感情が顔に出てしまう自分というものを、ゆうじは知っていた。

（とりあえず、この場をやり過ごすにはこれしかない！）

と、ゆうじは出されたアイリッシュ・コーヒーを一気にがぶ飲みした。

……それが間違いだった。

「んぎょおおおっ！」

「どうしたの、ゆうじクン？」

「なんだか、頭がフラフラして……あっ、花が宙に咲いている……」

「えっ、もしかして……いや〜ん、コーヒーとお酒の量、逆にしちゃった〜〜ん！」

その美礼の言葉は、一気に酔いが回りダウンしたゆうじの耳には届かなかった。

☆　☆　☆

喫茶『かんぱねるら』の通常の営業時間終了よりも一時間早く、『開店準備中』の札が、美礼の手によって入口に掛けられた。

「さてと……お片付けも済んだし、そろそろ……」

いそいそと、美礼は店の奥にある自宅、その自分の部屋へと急ぐ。

部屋のベッドには、ゆうじが寝ていた。それも、トランクス一枚の姿で。

ゆうじを目の前にして自分も服を脱ぎながら、美礼が天を仰ぐ。

「ああ、神様仏様、ついでに八百万《やおろず》の神々よ。どうか私の勝手な欲望をお許し下さい」

適当な懺悔《ざんげ》でもそれが終わってしまえば、もう美礼に遠慮はない。トランクス上に輪郭をくっきりと浮かばせている、ゆうじのモノを指でスリスリする……それが始まりだった。

「うふっ、ピクピクしてるぅ。それに……」

指が触れるたびに、「うっ！」と眠りながらも声を放つゆうじの反応が、美礼には楽しかった。こうなれば当然、次の行動は決まっている。美礼がトランクスをずり下げると、バネ仕掛けのように飛び出したゆうじの男が天井に向かって、そそり立った。

「わっ、おっきい……顔は可愛いのに、ここは立派なのね。これが勃起《ぼっき》したら、旦那さんのよりも……あっ、ごめんなさい、天国の旦那さん。今のは聞かなかったことに……」

殊勝なことを言いつつ、ゆうじのモノを握った美礼の手は上下に愛撫《あいぶ》を加えていた。

「前に男の人のをニギニギしたのって、もう一年以上前かなぁ……あ、どんどん大きくなってきた。やっぱり、ゆうじクンのって凄い。なんだか、私までもう……」

手の中にある生身の男の熱さが、自身で慰めるだけでは決して得られない高まりを、美礼に感じさせる。女の部分が濃厚な蜜《みつ》を滴らせ、じわりと開いていった。

身体が訴えてくる切なさに、たまらず美礼は胸をゆうじのモノにこすり付けた。

ここまでされたら、さすがにゆうじも目を覚ました。

「うぅぅ……何の感覚なんだ……ん？　わっ、わっ、み、美礼さん、何を……！」

「いや～ん。もう気がついちゃったの？　まっ、そのほうがいいかな」

頭がはっきりしていくにつれて、逆にゆうじは目の前の現実にリアリティを感じられなかった。裸の自分の上に、同じく裸の美礼がのしかかり、オマケに美礼の手に自分のモノが握られているという現実が。

「美礼さん……いったい、どーいうつもりでこんなことを……」

「だって、ゆうじクンとエッチしたかったんだもん」

実に、シンプルでわかりやすい美礼の答えである。

「『したいんだもん』って言われても……まさか、このためにワザとアイリッシュ・コーヒーにお酒を……？」

「失礼ね。あれは完全に間違えたの！　でもさ、ゆうじクンが寝ちゃったから、やっぱりこれってチャンスかなぁって。そう考えると、半分はゆうじクンの責任よね、うん」

「そんな、ムチャクチャな……うわっ！」

有無も言わせず、美礼は全身をゆうじに擦《す》り付けてきた。美礼の行為は、ゆうじにいつか雑誌で目にしたソープランドの記事を思い起こさせる。

「身体の火照った未亡人を甘く見ちゃダメよ。それっ、えいっ、えいっ……どう？　90のEカップはダテじゃな

いんだからねっ！」

既にピンと勃《た》っている美礼の乳首による刺激、そして、乳房のしっとりとした質感が、ゆうじの理性を奪っていく。『90のEカップ』という情報も、それを加速させる。

「んふふぅ……ゆうじクン、気持ちいいでしょ？」

そう聞かれては、もうゆうじは「はい、いいです」と言うしかなかった。

「じゃあ、次はゆうじクンの番ね……何がし・た・い？」

幾つもの答えのある問いに対して、いまだ童貞であるゆうじは願望を率直に口にした。

「俺……俺……美礼さんのアソコ……その……オ◯ンコが見たい！」

「やん！　もう、ゆうじクンったら、エッチなんだから！」

多少恥じらいつつも、美礼はどこか嬉しそうに、そして大胆に足を開いていった。

（これが、女の人の……なのか。これが、美礼さんの……）

初めて目にする女性の秘部に、ゆうじは感動した。裏ビデオなどでその形状を知ってはいたが、匂いや音を伴ったナマの迫力は全く別の物のように思えた。その上、それがついさっきまで普通に話をしていた美礼のものだと思うと、更にエッチに見えてくる。

「自分でも思うんだけど……変な形、してるでしょ？」

「えっ、そんなことないよ。液がキラキラ光ってて、何ていうか、その……」

「いいよ、イジっても……ううん、ゆうじクンにイジってほしいの」

　ゆうじは、恐る恐る指を入れてみた。「ちゅぷっ」という水音がすると同時に、美礼が短く喘《あえ》ぎ声を洩らす。

「上の……そこ、お豆ちゃんもイジって」「もっと奥まで……そう、掻《か》き回すように……」

「指、もう一本増やしてみて」などの、美礼のリクエストに応じるに従って、膣内《ちつない》のトロトロ感と熱が高まっていくのを、ゆうじは感じた。

「はぁんっ、やっ、やあん、そんなにされたら……やっ、やあん、そ、そこぉぉおっ！」

　悩ましい美礼の声と甘酸っぱい香りに煽《あお》られて、ゆうじのモノも破裂しそうなほどに反り返る。自然と美礼の恥丘にも触れることになり、彼女もそれに気付いた。

「……ねぇ、もういいかな？　ゆうじクンの、欲しくなっちゃった」

「あの……俺、実は初めてなんです。だから……」

「えっ、そーなの？　なんか嬉しいな、ゆうじクンの初めての人になれるなんて」

　鼻歌でも唄い出しそうな上機嫌な様子で、美礼は手際よくコンドームを用意し始めた。

　情欲が一時静まったその時、ゆうじの脳裏に優子の面影が浮かんだ。

　そして、自分の中で誰かが「これでいいのか？」と囁《ささや》きもした。

　しかし……。

「よしっ、準備ＯＫ！　じゃ、私が上になるから、ね。大丈夫、任せなさいって！」

　そう言って、ウインクしてくる美礼の笑顔にすがる道を、ゆうじは選んだのだった。

美礼の豊かなヒップがゆっくりと下りる。やがて、生温かく柔らかな肉の塊がゆうじを包み込み、美礼が大きく吐息を洩らした。

「んはあぁぁ……入ったよ。ゆうじクンの、おっきくて、硬ぁぁい」

美礼が腰を動かすことで、ゆうじのモノへの肉の押し寄せも、ギュッギュッと激しさを増していく。

「はっ……はあっ……ゆうじクンのいい……旦那さんのよりいいみたい……はぁぁん！」

亡くなった旦那さんに対して少し罪悪感を覚えるゆうじだったが、それ以上に男としてのプライドをくすぐられ、美礼の膣内でモノを膨張させる。それは同時に、精の放出が近いことも示していた。

「み、美礼さん！　マズイよ、そんなに激しくされたら、俺……」

「だって、ガマンできないんだもん。ゆうじクンのが気持ちよすぎるんだもん……んはぁ、ゆうじクン、お願い、腰、突き上げてぇっ！　ゆうじクンのでイカせてぇぇぇっ！」

初体験のゆうじには酷な要求だ。それでも、彼は自分の快感を抑えて頑張った。美礼のヒップをつかみ、出来るだけそのリズムに合わせるよう、腰を突き立てていった。

「はうっ！　ひうっ！　きゃうっ！そう、もっと強くぅぅ……はあっ、はあっ、ゆうじクン、エッチの素質あるよぉ！　ああっ、あああっ！　来るぅ、来てるのぉぉっ！」

「くっ……美礼さん、ごめん、俺、出ちゃいそうだ」

「うん、わかった……一緒にイこうね……一緒にぃいぃ！」

狂ったような腰の動きによるゆうじのラストスパートに、美礼の身体がブルッと震えた。

「あっ、あああっ！　イッちゃう、イッちゃうよぉ……ゆうじクンにイカされちゃうぅ！

あああああっ！」

射精の瞬間、ゆうじの目に映ったのは、重そうに揺れる美礼の二つの乳房だった。

コンドーム越しとはいえ、ティッシュなどに放出するのとは格段に違う充足感に、ゆうじは酔いしれ、まどろみの中に溶けていった……。

☆　☆　☆

「……ゆうじクン、私と初めて会った日のこと、覚えてる？」

ベッドに横になったまま、情事の余韻に身を委ねていたゆうじに、唐突に美礼がそう言ってきた。

「うん。酔っ払った美礼さんがフラフラ川の中を歩いていて……」

「こらっ！　そーいうことは覚えてなくていいのっ！」

美礼がギュギュッとゆうじの頬をつねった。

「痛たたた！　ひどいなぁ、もう美礼さんってば……ん？　美礼さん？」

天井に向けられている美礼の目が、そこを通り越してどこか遠くを見つめている……ゆうじはそんな風に見えた。

「あの日……あの日のことを年に一度の定休日だって言ったのも覚えてる？」

「あっ……うん。俺もどーいう意味なんだろうって気になってたから」

「あの日って、旦那さんが交通事故に遭った日……命日だったたんだ」

「えっ……」

ゆうじは短く声を洩らし、美礼は淡々と話を続けていく。

「あの日だけは店を休んで、何もかも全部忘れて……ずーっと一日、旦那さんのことだけ考えてようって思って……でも、ダメね、結局、お酒に逃げちゃって……」

美礼は、自分の頬をゆうじの胸に預けてくる。

「そんな時、ゆうじクンに出会って……私って自分勝手に、思っちゃったのよね、『寂しがり屋の私を見かねて、天国にいる旦那さんがこの人に会わせてくれた』ってね」

ゆうじは狼狽《ろうばい》するだけだった。美礼を自分が支えられるわけがないと。何よりも自分の心には別の女性が存在していて、その資格がないと。

「美礼さん、俺……」

美礼が、いきなりゆうじの乳首をペロッと舐《な》めた。

「うひゃひゃっ！　み、美礼さん、何を！」

「情けない顔しないの！　ゆうじクンに好きな人がいることなんて、この美礼さんには全てお見通しなんだから！」

「……お見通し、ですか？」

「まあね。第一、男の子の悩みなんて大抵が異性のことでしょ。だから、今は……」

美礼が身体をゆうじの下半身へとずらしていく。

「うわっ！　美礼さん、何を……！」

「とりあえず、身体だけでいいから満たしてほしいってこと。さっ、二回戦、突入よ！」

若いゆうじである。本人の気持ちとは別に股間《こかん》の男はすぐに刺激に反応し、みるみるその形状は逞《たくま》しいものに変わっていった……。

☆　☆　☆

壁の時計が夜の十一時を知らせるのを、優子とかすみは聞いていた。

ここは、八神家のリビングルームだ。

「……ゆうじ、遅いね」

「ああ、そうだな」

以上の会話が同じように交わされたのも、もう何回目になるだろう。

ジンパの会場からゆうじが姿を消したのを知って、早々に引き上げてきた二人は、ゆうじの帰りをずっと待っていたのだった。

「……姉さん、最近のゆうじ、やっぱり少し変だと思わない？」

かすみはムスッとしたまま何も答えない。

「もしかして、ゆうじ、又、あの時みたいなことを……」

「んなわけないだろっ！　バカなこと言うなよな、優子」

「ご、ごめんなさい、姉さん。そうだよね、そんなことないよね」

優子がふと洩らした、『あの時みたいなこと』……それは、ゆうじの身に起きた、ある過去の事件のことだった。優子にもかすみにも、それは苦い記憶として刻まれている。

気分を変えようと、優子はテーブルの上の雑誌を手に取った。雑誌の表紙には、『オリエンタル占い。易経、64のサインがあなたの運命を知らせる！』とある。

「あの、姉さん、今月号の『ｎａｎｎａ』の占い特集、やってみた？」

「そりゃあ、ダメだ。アタシの就職を占ったら、最悪の結果だったからな。よって、その占いは当たらない！」

「そんなに都合のいい結果ばかり出るわけないでしょ。わたし、ちょっと占ってみようかな。試しに、まずは姉さんとゆうじの相性を……」

「おい！　勝手に人のことを……！」

かすみの抗議に構わず、優子は雑誌にある指定通り、十円玉五枚と百円玉一枚をテーブルの上に振ってみる。

「えーと、これは……地天泰……あれっ？　これって凄い相性、いいみたい」

ゆうじとの相性がいいと聞かされては、かすみもついつい説明に耳を傾けてしまう。

「……上卦は、地＝母＝陰。下卦は、天＝父＝陽で、父母仲良く相通ずるの図。収まるべきところに収まるべき人が収まってる。言うことありません……だって」

「別に、弟と相性がよくってもなぁ」と言いつつ、頬が緩んでしまう、かすみ。

「でも、逆のような気がする。どちらかというと、ゆうじが母で、姉さんが父で……」

「踵落とし、食らいたいようだな、優子」

「……えーと、じゃあ、次はわたしとゆうじはどうかなぁ……？」

かすみの怒りをごまかすため、優子は慌ててコインを振った。

「これは……沢山咸……えっ！　これって……」

優子は驚き、次には顔を真っ赤にして、口をつぐんだ。

「どうした、どうした、悪い卦でも出たか。相性、最悪とかな。ケケケ……」

さっきの仕返しとばかりに、かすみが優子の手から雑誌を取り上げた。

「うーんと、なになに……沢山咸。咸は感。つまり、感じるということで、セックスの相性抜群です……って、なんだ、こりゃあ！」

「ちょっと、姉さん、やめてってば！」

「……沢は女性器、山は男性器で、互いに名器と名刀。セックスには抜群の卦です。めくるめく悦《よろこ》びが得られるでしょう……って、ばっ、バカバカしい！」

何となく、二人は黙ってしまう。心なしか、かすみも頬を染めている。

「……だ、だから、こんな占い、信用できないって言っただろ！　ふん！　アタシはもう寝るからなっ！」

かすみは雑誌を放り投げると、怒ったようにリビングを出ていった。もしも優子が見ていなかったら、おそらく雑誌をビリビリに破り捨てていたことだろう。

残された優子が、大きくため息をついた。

「めくるめく悦び……か。はっ！　わたし、何、考えてるんだろ。馬鹿、馬鹿っ！」

優子は慌てて自分の頭から妄想を振り払うのだった。

☆　☆　☆

深夜遅く、明かりの消えた家に、ゆうじは帰宅した。

(もしかして、姉ちゃんのどちらかが起きて待っていてくれるかも) という甘い期待は脆《もろ》くも破れ、ゆうじは一人自分の部屋に戻った。

部屋の電気をつけることも忘れ、ゆうじは例の宝箱のもとに。

今夜、ゆうじは童貞を失った。セックスを経験すれば大人の男になれる、そんな少年の頃に抱いていた思いも、幻想に過ぎないと知った。

そして、美礼の優しさにどんなに癒されても、姉である優子への思慕が消えることもなかった。

ゆうじは宝箱のカギを開け、その中にある物を見つめる。

気が強いとはお世辞にも言えないゆうじだったが、人前でめったに涙を見せることはなかった。泣きたい時には、いつもこうして宝箱を開けた。

それが子供の頃からの習慣であり、心の支えでもあった……。

第二章　夏

季節は過ぎ、六月に入っていた。

本州では全面的に梅雨入りする時期だが、北海道にいる者たちには関係がない。なぜなら、この北の地には梅雨なんてものは存在しないからだ。

雨の予報が流れても、大方夜中に降ってしまうこともあり、「昼間に傘を持ち歩く必要なし」と、妙なポリシーを持っている人までいる。

ゆうじも、その一人だった。

「……雨か。我が信念、破れたり……なんてな」

大学の校舎入り口から、ゆうじは恨めしげに降り注ぐ雨の水滴を見つめていた。

「これじゃあ、しばらくやみそうにないな。さて、どうするかだが……」

ゆうじは幾つかの選択肢を思い浮かべる。
①タクシーを拾って帰る。
②近くのコンビニで傘を買う。
③ここからは自宅より近い場所にある、喫茶『かんぱねるら』に一時退避。
④濡《ぬ》れるのも構わず全速力で走って帰る。
経済効率の観点から、即座に①は却下。「ビニール傘とはいえ、勿体ないな」といった、貧乏性から②も却下。残るは、③と④である。

「③……か。美礼さんなら傘ぐらい貸してくれそうだけど……何か見返りとして要求され

「そうだしなぁ」

　たぶん男としては嬉しい見返りなのだろうが、そうしてズルズルと美礼との関係を続けていくのは、潔癖なゆうじとしてはあまり好まない。

「あとは、④か。濡れて帰ったら、優子姉ちゃんが心配するだろうし……」

　偶然か、ゆうじが優子の名前を口にした時だった。

「ゆうじぃ！」

　傘をさした優子が遠くから走ってきた。

「……姉ちゃん」

「やっぱり傘、持ってきてなかったのね。買い物の途中で気がついてよかった」

「優子姉ちゃん、それで俺の傘は？」

「買い物の途中だって言ったでしょ。だから、傘はこれ一つよ。さっ、帰ろう」

　期せずして、相合い傘となることに、ゆうじの胸は高鳴る。

　雨の滴が傘に当たる音の下、こうして二人きりになるのは久し振りのことだった。

　最近、軽い冷戦状態というか、ゆうじは浦沢と親交を深める姉を疎遠に感じ、優子は優子で急によそよそしくなった弟に対して、腫《は》れ物に触れるような対応をしていたのだ。

　今が機と思い、ゆうじは勇気を振り絞って尋ねる。

「……姉ちゃんさ、その……浦沢さんとはどこまでいったの？」

「え……？」

身も蓋《ふた》もない質問だった。ゆうじ自身もそれに気付いて、慌てて前言撤回する。

「ううん、何でもない」

少し思案ののち、優子が答えた。

「慎太郎さんとは何もないよ。たまに会って話をするくらいで」

ゆうじは黙り込む。望んでいた答えとは違っていたからだ。彼が望んでいたのは、もっとはっきりとした否定、もしくは自分の想いを絶ち切ってくれる、完全な肯定の言葉だったのだ。

「この前のジンパ、ゆうじが途中で帰っちゃったから……慎太郎さん、残念がってたよ」

「……ごめん」

「ゆうじ、慎太郎さんのこと、嫌いなの？」

「嫌いじゃないよ」

「じゃあ、どうして避けるの？」

ゆうじが傘の下から飛び出して、声を荒げる。

「わからないよ！　わからないけど、ああなっちゃうんだ！」

ゆうじの顔に雨が当たる。まるで涙を流しているかのように、頬《ほお》に雨の滴が伝う。

優子が、ゆうじの頭の上に傘をかざした。

「……わかったわ、ゆうじ。もうこの話、やめよう」

口では「わからない」と言いつつ、自分の気持ちがわかっていて、それを言葉にはできない、ゆうじ。

口では「わかった」と言いつつ、ゆうじの気持ちに気付いていない、優子。

「あ、そうだ。今日、姉さん、又、合コンらしいわね」

「うん、医者コンだとか言って騒いでいたね。『玉の輿をゲットだぜ！』って」

「いつもみたいに大変なことにならなきゃいいけど」

「相手が医者だから、怪我させても大丈夫……ってわけにはいかないよね」

「クスッ……そうよね」

かすみを話題にしていつものように会話をする二人だったが、心の底ではまだ重苦しいものを払拭《ふっしょく》できないでいた。

☆　　☆　　☆

そして、話題に上ったかすみはというと……。

「ふーん、それでウチを志望したのはどうしてなのかな？」

「はいっ！　天下の万里自動車の重役秘書になりたいと思いまして」

これで何社目になるのかを考えると頭が痛くなる、会社訪問の最中だった。

「重役秘書ぉ？　それってかなり無謀というか突飛というか……」

「そうでしょうか？」

「志望動機を聞いたら、『社長になるためです！』って言うのと同じだよ、きみぃ」

「そ、そこまで言わなくても……」

形勢不利と見たかすみは、ここはユニークな個性という手で押そうと考える。

「だいたいさ、ウチに入ってやりたいことなんかあるの？」

「あります！　えーと……例えば、社内割引で高級車を手に入れる、とか」

「はぁ？　それってさ、会社でやりたいこととは違うんじゃない？」

「ボ、ボケです。まずは軽～く一発ボケをかましとこうかなぁって」

「あのね、こっちも遊びじゃないんだからさぁ。真面目《まじめ》にやってくれるかな？」

「……すみません」

……かすみの作戦は大失敗に終わった。

あとはお決まりのような面接官の言葉が続く。

「四大卒の女の子は使いにくい」だとか、「途中で寿退社されると、投資した金が回収できない」だとか、かすみがこれまで何遍も耳にしたことの繰り返しだ。「きみの胸、大きいね」などとセクハラ発言をしないだけ、この面接官はまだマシなほうだった。

こうして、又一つ、かすみの就職活動は玉砕した。

「ダ～～～ッ、ダメだぁぁぁぁっ！」

万里自動車の玄関を出た途端、かすみは叫んだ。

道行く人々の注目を集める結果となったが、今はそれも特に気にならないほど、かすみは落ち込んでいた。

「はぁ……こりゃあ、本気で今夜の医者コンに賭《か》けるしかないのか、アタシには」

それが、ゆうじへの叶《かな》わぬ恋と、いつまでも決まらない就職に対する、ダブルの現実逃避であることは、かすみにもわかっていた。それでも、「何もしないで悩んでいるよりはいい」と考えてしまうのが、かすみという人間だった。

そこへ、かすみ目指して駆け寄ってくる人物がいた。

「かすみさ〜〜〜ん！　やっぱり、かすみさんだったんですね、さっきの声は！」

かすみに想いを寄せているといえば、この人、表三四郎である。先ほどのかすみの叫び声を、犬笛に反応する犬の如く遠くから聞き分けたのは、さすがというべきか。

それほどに健気《けなげ》な三四郎と比べて、かすみの反応は相変わらず冷たい。

「ん？　お前、誰だ？」

「またまた、かすみさんってば。ほら、ゆうじの友達の……」

「おお、確か……『表』……いや、『裏』だったかな」

「いえ、『表』が正解です」

「そうそう、表……三四……十二郎だったよな、確か」

正解寸前で裏切られ、ガックリする三四郎。

「……『表三四郎』ッス。もしかして、かすみさん、ワザと間違えてません？」

「まあまあ、男が名前くらいのことをいちいち気にするなっ！」

「そ、そうですよね……それで、あのぉ……今、暇でしたらお茶でも」

さすがに悪いと思ったのか、それとも単に合コンまでの暇つぶしといった軽い気持ちに過ぎないのか、かすみは三四郎のお茶の誘いに応じたのだった。

……喫茶店の椅子《いす》に向かい合わせで座る、かすみと三四郎。

緊張でコーヒーすら喉《のど》を通りそうにない三四郎と違って、かすみの前のテーブルには、ピザやらパフェやらが隙間《すきま》なく並べられていた。

「あのぉ……かすみさん、一つ聞いていいですか」

「スリーサイズ聞いたら、ぶん殴るぞ」

「いえ、それはもう服の上からでもだいたいわかりま……ぐはあっ！」

間髪入れず、かすみのパンチが三四郎にヒット！

「そういう発言も同じことだぞ。わかったな」

「ふぁ、ふぁい、充分、理解しました……それで、あの、ズバリ、かすみさんの理想の男の人って、どんなタイプなんですか。やっぱ、強い男ですか？」

バクッとピザの一切れを口に放り込みながら、かすみは理想のタイプを頭に思い描く。

「まあ、弱いのは嫌だけど、筋肉ムキムキってのもパスだな」

「じゃあ、どんなのです？　例えばぁ……年下で、ちょっとひょうきんな感じで、柔道やっていて……それで弟の友人だったりするタイプは？」

「何だ、それ。具体的すぎて、よくわからん」

それはそうだ。かすみは気付いていないが、三四郎は自分をアピールしていたのだから。

「アタシはそーだな……顔はちょっと可愛いのがいいな。身体は細～い感じで、性格は繊細で優しすぎるくらいのほうが……」

「ん？　何か、それって……ゆうじと似てませんか？」

ブブウゥゥゥゥッ！

思わず、かすみは飲んでいた水を吹き出した。それは、三四郎の顔にもかかる。

「うわっ！　か、かすみさん、いきなり何を……」

「お、お前が変なこと言うからだろ！　バカじゃねえのか」

「いや、けど、かすみさんの話、聞いてたら、ゆうじみたいだなって」

「気のせいだ。気のせいに決まってるだろ。ワハハハハハ……！」

「そうですね。ハッハッハッハ……！」

吹き出されたものとはいえ、かすみが飲んでいた水を顔に受け、

（これって、もしかして、『間接キス』？　かすみさんと『間接キス』！）

と、喜んでいる三四郎の笑い声に対して、かすみのそれはどこか空虚なものだった。

☆　☆　☆

深夜の八神家のダイニングキッチン。

ふと目を覚ましてしまったゆうじが、喉の渇きを癒《いや》すために降りて来ていた。

「ふぅー……やっぱり、こういう時は麦茶だよな」

その時、ゆうじの耳に玄関の方向から二つの物音が聞こえた。

（最初のは玄関のドアが開いた音かな。次のは、何か「バタン」って感じで……）

玄関に行ってみると、そこには約一名、完全に出来上がっている人物が床に寝ていた。

「げっ、かすみ姉ちゃん！　この様子だと……合コンは失敗だったみたいだな」

目を覚ましたかすみの言動からも、それは明らかだった。

「てやんでぇ、バーロー、ちきしょーっ！　気安く、人の胸、触るなってんだよ、このスケベ医者！　そこに直れ、叩《たた》っ切ってやるっ！」

こういうかすみに対処するのは、いつもゆうじの役目と決まっていた。

「かすみ姉ちゃん、こんな所で寝たらダメだって。とにかく、部屋に行こう、ね」

「にゃにおーっ！　部屋に連れ込んで何しようってんだ、このセクハラ野郎ーっ！」

酔っ払いの言葉にいちいち相手をしても仕方がないと、ゆうじはかすみを抱えて、彼女の部屋に連れていく。

「かすみ姉ちゃん、着いたよ。ほらっ、ベッドに……うわっ！」

　かすみが急に寄りかかってきたせいで、二人はベッドの上に重なるように倒れ込んだ。

　仰向けになったゆうじの目の前には、目を開けたかすみの顔があった。

「ゆうじ……」

　酔いのせいか充血しているかすみの目は、ゆうじにはいつもとのギャップもあり、とてつもなく色っぽいものに見えた。そして、それはゆっくりと近付いてきていた。

(ダメだよ、かすみ姉ちゃん……姉弟でキスなんて、そんな……)

　そう思いながらも、ゆうじは逃げられなかった。少し酒の匂《にお》いはするが、同時に甘い香りも放つ、しっとりと濡れた唇の魅力に負けてしまっていた。ところが……。

　ムニュムニュムニュムニュゥゥゥッ！

　ゆうじの顔に押し付けられたのは、予想に反して、か

すみの大きな胸だった。

「わっ、わわわっ！　ぷはぁっ！　ちょ、ちょっと、かすみ姉ちゃん、息が……」

「ゆうじは可愛いなぁ、ゆうじぃ、ゆうじぃ」

かすみは胸の豊かさを見せつけるかのように、オッパイをゆうじの顔に密着させる。

窒息死の危機に、ゆうじは直面する。が、それも悪くはないかと思ってしまうほど、かすみのオッパイは心地良くゆうじの顔を包み込んでいた。

少しして、動きを止めたかすみがゆうじの耳元で囁《ささや》いた。

「ゆうじ……お姉ちゃんのオッパイ、見たいか？　触りたいか？」

甘美な、そして、残酷な質問だった。

ゆうじの脳裏では、『今なら……』とか『触るくらいなら……』とか仮定の言葉が激しく飛びかい、理性と闘いを繰り広げる。

闘いに決着をつけたのは……しばらくして聞こえてきた、かすみの寝息だった。

一気に緊張が解けたゆうじは、かすみの身体の下から脱け出し、部屋を出ていく。

(かすみ姉ちゃん、もし眠らなかったら触らせてくれたかな……)

と、思わずかすみの胸に伸びていきそうになる右手との葛藤を続けながら。

☆　　☆　　☆

朝……。かすみの目覚めは、二日酔いの頭痛とともに始まった。

次に、自分が服を着たまま寝ていたことに気付いた。

「あれっ、なんで、アタシ？……げっ、どうやって帰ってきたか、記憶にないっ！」

かすみは慌てて、記憶探しの旅に出る。

旅はすぐに終わった。すぐに廊下でゆうじと出くわしたからだ。

「そのぉ、なんだ……夕べ、ゆうじがアタシを……あの……介抱してくれたのか？」

「え？　う、うん」

落ち着きなく目をそらすゆうじの態度に、かすみはドキリとする。

昨日の合コンの前に、三四郎にズバリ自分の気持ちを言い当てられたこともあって、かすみは自分が酔った勢いで何かとんでもないことを言ってやしないか、不安だったのだ。

だからといって、素直に聞けないのが、かすみだ。

「ゆうじ、寝ている姉ちゃんに何かエッチなことしただろ？」

「し、しないよ、そんなこと」

どもるところが怪しいと思う、かすみ。本音を言えば、ゆうじにならエッチなことをさせてもいい、否、エッチしてほしいと思っているのだが。

「ニヒヒ。やっぱ、しただろ、ゆうじ」

「俺は何もしてねえよ！　姉ちゃんが勝手に抱きついてきたんだろ！」

少々キレたゆうじはそう言って、かすみの前から走り去っていった。

残されたかすみは、ただ茫然自失《ぼうぜんじしつ》。

（ア、アタシが抱きついた……！　抱きついて、何をやったんだ？　まさか、キスとか……それとも、そんなもんじゃなくて……！）

消えた記憶の代わりにかすみにあるのは、自分の中の『ゆうじを好きだというアタシ』が暴走して抑え切れなくなっているという現実だった。

「……ゆうじとは今のうちに離れたほうがいいのかな。姉弟という関係まで壊れてしまう前に」

かすみが家を出ようと本気で思ったのは、この時が初めてのことだった。

☆　☆　☆

七月、北海道の大学にとっては、学園祭のシーズンである。

本州では普通、十月か十一月なのだろうが、冬が早く来る北海道でその時期にやっていては寒くて人が来ないというのが、その理由だ。

ゆうじの在籍する北斗学院大学も、今や学園祭の準備で賑わっていた。

「……というわけで、ゆうじ！　お前のジャグリングの出番だ！」

学食でいつものハート弁当を食べていたゆうじに、三四郎が唐突にそう言った。

ちなみに『ジャグリング』とは、単純に言えば「物体を次々に投げ上げる」曲芸の一種である。投げる物は無限に存在するが、ゆうじは主にクラブを使っている。

「というわけで、ってなんだよ、それ！　勝手に決めるなよ、三四郎」

「ウチのサークル、人材不足でな。俺も『シガーボックス』を今、練習中だ」

「そんなに大道芸ばっかり集めてどうするんだよ。それに、確かお前のサークルって……」

「おおっと、それは、ヒ・ミ・ツ！　ま、考えといてくれよな」

言いたいことだけ言うと、三四郎は忙しそうにどこかへ駆け出していった。

「……学園祭か」

サークルに所属していないゆうじは、その時期、確かに暇だ。しかし、今、ゆうじの頭の中にはジャグリングをやるかどうかに関しては、もうどこかに吹き飛んでいた。

(優子姉ちゃん、学園祭に誘ったら、俺と行ってくれるかなぁ)

早速、その日の夕食時に、ゆうじはまずは学園祭について話題を振ってみる。

「……それでさ、三四郎が俺にジャグリング、やらないかって言ってきてるんだ」

「ゆうじのジャグリングかぁ。わたしもずっと見てないわね」

「なんだ、それ。ハトでも出すのか？」

「かすみ姉ちゃん、マジックじゃなくてジャグリング。高校の文化祭でもやっただろ」

「マジックやりゃあいいのに。ついでにアタシの内定もパッと出してくれると助かるんだけどな。ガハハハ……」

(マズイ！　かすみ姉ちゃんのペースに乗せられると、話がどんどんずれていっちゃう)

焦るゆうじは、思い切って優子に話しかけていく。

「あ、あのさ……それで、もし暇だったら、優子姉ちゃん……」

ゆうじの言葉はそこまでで、あとは霧散してしまった。次の優子の言葉によって。

「学園祭か……そういえば、慎太郎さんも準備で忙しいって言ってたわね」

浦沢の名前が出てきただけで、ゆうじはネガティブな未来を想像してしまう。

（もし、もう優子姉ちゃんが浦沢さんから学園祭に誘われていたとしたら……そして、俺の誘いを姉ちゃんが断ったとしたら……）

そう考えると、ゆうじにはもう何も言えなくなってしまった。

☆　☆　☆

学園祭当日、大学のキャンパス内はいつもと様相を変える。

祭りとは、ハレの場である。その日だけは、日常の鬱屈《うっくつ》や不満を忘れ、人間の生の喜びを謳歌《おうか》し、解放させるためのものだ。

とはいっても、日本の場合、ほとんどの大学生にとって、試験期間中以外は全て、お祭りといってもいいような現状ではあるが。

「お〜、盛況、盛況。やっぱ、人が集まってくると盛り上がるよなぁ」

どこから用意してきたのか、サーカスのピエロのような衣装の三四郎が、出店の裏でスタンバイしながら呟《つぶや》いた。その横には、黒のスーツに赤の蝶ネクタイ、頭にはシルクハットといった、ゆうじの姿もあった。

「人、多いな……次、俺の番だけど、順番変えてくれないか、三四郎」

結局、他にやることもないので三四郎の要請を受けていたゆうじだったが、いざ人前に出るとなると、弱気の虫が出てきてしまう。

「何、言ってんだよ。ほらっ、行ってこ〜い！」

三四郎に押されて、ゆうじは居並ぶ見物客の前に出ていく。

「あーっ、あれって、ジャグリングかなぁ」

「俺、生で見るのって初めてだな」

見物客の囁く声にも、気の小さいゆうじはプレッシャーを感じてしまう。手も震え始め、何もしないうちからクラブを落としてしまいそうだった。

ふと、ゆうじは一番前に陣取っている女の子と目が合った。

髪を左右でまとめた、なかなか可愛い女の子だ。私服なのでよくはわからないが、小柄な身体といい、幼い顔立ちといい、ゆうじには自分より年下のように見えた。

「ねぇ、あなたって、プロ？」

女の子はいきなりゆうじに話しかけてきた。つい、ゆうじもそれに答えてしまう。

「いや、そーいうわけじゃないんだけど……」

「ねぇ、どこでそれ、覚えたの？」

「独学かな。中学の時に何となく……」

「ねぇ、火、吐いてみて」

「吐けないって。そーいうのは他の人に……あっ、タイマツを使ったジャグリングもあるけど、俺にはちょっと無理だな」

女の子との対話が、ゆうじをリラックスさせた。拍手と歓声の中、ゆうじのテンポいいジャグリングが続いていく。

「わあ！　凄《すご》い、凄い、凄〜〜〜い！」

無邪気に喜ぶ例の女の子の笑顔が、更にゆうじを後押ししたのは言うまでもない。

一通りの技を見せ、アンコールにも応《こた》え、ゆうじのジャグリングは終了した。

「さっすが、俺様が見込んだ、ゆうじだ！　さあ、俺も続くぞーっ！」

出店の裏で三四郎からねぎらいの言葉を受けたゆうじには、全身びっしょりの汗を拭《ぬぐ》う前に、やることがあった。

「さっきの女の子のおかげだよな。一言、お礼言わなくちゃ」

ゆうじは見物客の中へと飛び出していった、が、ついさっきまでその場所でジャグリングを見ていたはずの女の子の姿が、それこそマジックでも使ったかのように、消えていた。

「おかしいなぁ。結構、目立つコだから見失うはずは……あっ！」

ゆうじは、代わりにというわけではないが、見つけてしまった。

人ごみの中、二人並んで歩いている、優子と浦沢の姿を。

☆　☆　☆

学園祭の一日目も終わりに近付き、キャンパス内の人の姿もまばらになってきている。

その中庭の一角のベンチに、一人ぼんやりとゆうじが座り込んでいた。三四郎からの打ち上げの誘いもさっき断ったところだった。

(優子姉ちゃんと浦沢さん……何だか、お似合いって感じだったな)

そんな風に偉そうなことを言う権利が自分にはないことに、ゆうじは気付いた。

学園祭に優子を誘えなかった時点で、自分はもう負けていたのだ、と。

結果、優子に断られるかどうかは別にして、自分は誘うべきだった、と。

臆病《おくびょう》な自分、気の弱い自分を、今ほどゆうじは悔やんだことはなかった。

「……よぉ、ゆうじ」

ゆうじの肩に、ポンと手が置かれた。見上げると、そこにはかすみの顔があった。

「姉ちゃん、面接のあと、すぐにすっ飛んできたんだけど、もう終わっちまったんだな。せっかく『いよっ、大統領！』とか、声かけてやろうと思ってたのによ」

「残念だったね、姉ちゃん……ホント、残念だったよ」

かすみには、ゆうじが落ち込んでいるのがすぐにわかった。

ゆうじにも、ワザと明るく振舞い、自分を励まそうとするかすみの気持ちがわかった。

「ゆうじ……酒、飲もう」

「えっ？」

「打ち上げだ、打ち上げ！　今夜は無礼講だぁぁぁっ！」

……それから数時間後、居酒屋を出たゆうじはもう足腰立たない有様で、かすみに抱えられていた。

「ちょっと飲ませ過ぎたかな……ゆうじ、大丈夫か？」

「うひひ……全然オッケー……ひっく」

「何か飲み物でも買ってこようか？　何が飲みたい、ゆうじ」

「かすみ姉ちゃんのオッパイ」

「バ、バカ！　ほ、ほらっ、今、タクシー呼ぶから家に帰るぞ」

ゆうじは「家に帰る」と聞いた途端、まるで駄々っ子のようにごね始めた。

「いやだぁ、家になんか帰りたくない。ホテルに行ってお姉ちゃんとエッチするんだぁ」

「ゆ、ゆうじ、お前……」

「絶対、するんだぁ。かすみ姉ちゃんとエッチ、エッチ～」

口調まで幼い頃に戻ったようなゆうじを前にして、かすみは始めて出会った時の、まだ小学生だったゆうじを思い出す。そう、まだ姉弟という関係になったばかりの頃の……。

（ゆうじとは血は繋《つな》がっていない……だから、あの出会いさえなかったら、ゆうじとアタシもただの男と女……）

　浅はかな考えだといったらそれまでだ。姉弟になっていなければ、そもそも知り合う運命ではなかったのだから。それでも今かすみはそう考えることで、長年秘めていた想いを解き放とうとしていた。

「……ゆうじ、なんでそんなにアタシとエッチしたいんだ？」

「だって……お姉ちゃんのこと、好きだもん」

　ゆうじの「好きだ」という言葉、それが男女のそれではないこと、酔った末の戯言《ざれごと》だとわかっていても、かすみはその言葉にしがみついた。

「……しょうがないな、ゆうじは」

　そう言って、かすみはゆうじとの間に存在している禁断の扉を開いていく……。

☆　　☆　　☆

　ラブホテルの一室。

　ゆうじとかすみは、生まれたままの姿になっていた。

　そして今、ゆうじの手が初めてかすみの胸に触れる。

「んっ……ゆうじ、お姉ちゃんのオッパイどうだ？　気持ちいいか？」

「う、うん……」

ゆうじは、自分の頭ほどもある乳房に圧倒される。その柔らかさは、風船でもゴムマリでもない独特の感触だった。ムンと薫ってくる甘いようなぬるいような不思議な匂いと、すべすべした質感に、自然とゆうじの手は動き始める。

「ひっ！　あっ……ゆうじぃ……」

かすみが切なげに声を上げる。ゆうじの名を呼ぶ。

ゆうじは、両手で乳房全体をたっぷりと揉《も》みほぐしていく。かすみのたっぷりとした乳房は、まるでミルクの粒子をまぶしてあるかのようしっとりとして、それでいてさらさらと手のひらをくすぐってくる。

「お姉ちゃん、気持ちいい？」

「うん。ゆうじ、上手。それに、ゆうじにされてるって思うだけで……くぅん！」

それが嘘《うそ》ではない証拠に、乳首がもうぷっくりと突き出していた。

ゆうじもそれを見逃さない。

「もう乳首、立ってきてるね。まるでグミみたいにプルンとしてる」

そう言って、指でクリッと乳首を摘み上げた。

「ひあっ！　あううっ、んあっ、ゆ、ゆうじぃ、それ、いい……」

巨乳は感度が鈍い、という説があるが、どうやらかすみの場合は例外らしい。ゆうじは気付いてないが、まだ一指も触れていないのに、かすみの秘部はもう蜜《みつ》を溢《あふ》れさせていた。

「ゆうじぃ……もっとお姉ちゃんのオッパイいじめて。もみもみしてぇ」

淫《みだ》らな要求に応じ、ゆうじは快感を満々とたたえた乳房を再び揉みしだく。

それだけではない。乳首の先っぽに舌先を押し当てて、ぐりぐりと回してみる。

「ああんっ！　き、気持ちいいよぉ……ゆうじがもみもみしてくれてるぅ！　オッパイ、舐《な》めてくれてるのぉぉおっ！」

ゆうじの愛撫《あいぶ》にかすみの身体も応える。乳房がムニュムニュとゆうじの指を包み込み、ゆうじの唾液《だえき》で光る乳首も五ミリほど大きくなって膨らんでいた。

「お姉ちゃんのオッパイ、ホントおっきいね。どの位あるの？」

「……百の……Jカップ」

「凄いね。それだけあったら、自分でオッパイ、舐められるんじゃない？」

「もう、バカッ！……ゆうじはおっきいオッパイ、嫌い？」

「大好きだよ。だって、かすみ姉ちゃんのオッパイだもん」

かすみは、身体の奥がカァーッと熱くなるのを感じた。

「ゆうじぃ、もっとオッパイ、ぎゅうっとしてぇ。乳首もうんと強く吸ってぇ」

ゆうじはかすみのオッパイを揉み絞った。指が乳房にめり込んで、その先が見えなくなるほどに。乳首も、舌と唇で挟みつけ、「ちゅう、ちゅう」と音を立てて吸った。乳首が上に引っ張られ、紡錘形に張りつめるまでに。

「はぁぁっ、ダメェ、そんなにされたら、お姉ちゃん、イッちゃう、イッちゃうよぉ！」

「じゃあ、やめる？」

「やあ〜〜ん、ゆうじのバカァ〜、イジワルゥ〜」

ゆうじが初めて聞く、かすみの甘えた声だった。

「見せてよ、かすみ姉ちゃんのイク顔」

「あっ、ああっ、ダメェ、ダメだってばぁ、あああああっ、オッパイがぁ、オッパイがぁっ！　いや、いやいや、イッちゃう、イッちゃうぅぅぅっ……あああああっ！」

かすみの身体がビクビクと震えあがり、そして静かになった。

歓喜の涙を目に浮かべているところを見ると、どうやらかすみはイッたようだ。

まだ達していないゆうじは、本能に導かれるままにかすみの下半身へと吸い寄せられる。

「お姉ちゃんのここ、もう凄いことになってるよ。大洪水だ」

ゆうじの指が秘部の亀裂《きれつ》に沿って撫《な》でていくと、かすみの目に再び官能の炎が燃え始める。新しい蜜を分泌する秘部自体も同様で、簡単にゆうじの指を飲み込んでいく。

「ああん！　ゆうじの指がお姉ちゃんのアソコに入ってるぅ！　ゆうじぃ、どう？　お姉ちゃんのなか、どう？」

ゆうじは返事の代わりに、二本の指をかすみの膣内《ちつない》で広げたり、出し入れしたりする。更にそれだけでは飽き足らないのか、指を三本に増やして中で攪拌《かくはん》させてみたりもした。

「やっ、ああん！　ゆうじぃ、気持ちよすぎるよぉ……このままじゃあ、お姉ちゃん、又、又……お姉ちゃんだけ、又、イッちゃう……やあぁっ！」

息も絶え絶えに、かすみはゆうじに抱きついた。

「ゆうじぃ……今度は二人で……ゆうじもアタシのなかに入れたいだろ？」

「う、うん」

「……ゆうじはアタシのこと、好き？」

ここに至ってもまだ言葉を求めてしまうかすみの姿は、どこか悲しい。

「うん……好きだよ」

「だったらいいよ……今、お姉ちゃんが入れてあげるからね」

かすみは起き上がり、ゆうじの上に跨《またが》った。ふーっと一つ息を吐くと、ゆっくり腰を沈めていき、遂にゆうじのモノを包み込んだ。

「んんっ……ゆうじ、わかる？」

「うん……お姉ちゃんのなかに入ってる」

「ゆうじので一杯になってるよ、お姉ちゃんのアソコ。……じゃあ、動くからね」

ベッドのスプリングを軋《きし》ませて、かすみが身体を上下に跳ね始める。

「はっ、はっ、はぁぁん！　ゆうじの凄いっ……いいっ……なんでこんなに……あぁっ！」

それこそ腰を動かすたびに、かすみは小さな絶頂感に襲われていた。

かすみはこれが初体験ではない。しかし、今まで一度としてセックスで感じることはなかった。それが今は、ゆうじとのセックスに溺れている。言うなれば、かすみはゆうじと結ばれることで、真の意味で『女』になったといえるのかもしれない。

締めつけるかすみの肉に包まれて、ゆうじは今にも発射しそうになっていた。同時に、その感触を頭の中で別の誰かのそれと比べてもいた。誰かとは初体験の相手、美礼のことだったのだが、未だ夢うつつのゆうじにはそれをはっきりとは認識していなかった。

ただ無意識に、美礼に学んだこと、相手を悦《よろこ》ばせる術《すべ》を、ゆうじは駆使し始める。目の前でゆっさゆっさと揺れまくるかすみのオッパイを、ひしゃげるほどに揉みあげる。

下から腰を突き上げ、自分のモノの先で、かすみの子宮の扉をノックする。

二人の結合部に手を伸ばし、充血したかすみのクリトリスを指で弄《もてあそ》ぶ。

「あ、ああん、ゆうじぃ、お姉ちゃんをそんなにいじめないでぇ……さっきからお姉ちゃん、イキっぱなしなんだからぁ……ゆうじ、ゆうじぃぃぃっ！」

「お、俺ももう出ちゃいそうだよ、お姉ちゃん」

「いいよ、お姉ちゃんのなかに出して。ゆうじだったら、ゆうじだったら平気だから……」

ゴムを着けていないゆうじに対して、危険日ではないといえ、「なかに出して」と言う、かすみ。その心には、ゆうじを独占したいというエゴがあったことは否定できない。

「お姉ちゃん、お姉ちゃん……かすみ姉ちゃぁぁぁぁん！」

「あっ、ゆうじのが、ゆうじのがぁ！　やっ、やあっ、イク、イク、イッちゃうぅぅぅっ！」

二人の叫びが、ラブホテルの天井にこだましていった……。

☆　☆　☆

……翌日の昼近く、ゆうじはかすみの声で目を覚ました。

「こらっ、ゆうじ！　あのくらいの酒で二日酔いなんて、だらしないぞ！」

ゆうじは、今いるのが自分の部屋であることを知った。しかし、昨夜の記憶は彼の頭からスッポリと抜けていた。だから、目の前のかすみに聞いた。

「かすみ姉ちゃん……俺、昨日、姉ちゃんと飲みに行ったよね。そこまでは覚えてるんだけど……そのあと、どうなっちゃったんだっけ？」

「そ、そうか……まったくよぉ、酔いつぶれたゆうじを連れて帰るので、昨日はお姉ちゃん、大変だったんだぞ……まっ、早く起きろよな」

そう言うと、すぐにかすみは部屋を出ていった。

少しして、扉の向こうから、かすみを怒鳴りつける優子の声がゆうじにも聞こえた。

「……もう！　二人して朝帰りだなんて！　姉さん、ゆうじは一応まだ未成年なのよ！　わかってるのっ！」

（そうか……やっぱり昨日は俺、酔いつぶれて……でも、何だろう。この部屋とは違う、別の見慣れない天井を見たような……それに誰かとエッチなことを、アタタタ……）

二日酔いによる頭痛が、ゆうじの頭から微《かす》かに残っていた記憶を奪った。

しかし、それでも少し気になることがゆうじにはあった。

それは、部屋から出ていく際にチラリと見せた、かすみの寂しそうな横顔だった。

そのかすみは……優子のお小言をさらりとかわして、自分の部屋に戻っていた。

ベッドに腰を下ろしたかすみは、そっと自分の下半身に手を添えた。そこにはまだ昨夜の温もりが残っているような気がした。

（眠っているゆうじをタクシーで家まで運ばないで……あのままラブホテルで二人して朝を迎えていたら、どうなっていたんだろう）

それは考えるまでもなかった。単に今まで何年もかけて築いてきた姉と弟という関係が崩れるだけだということに。

（それに……アタシは結局、ゆうじに「好きだ」とは言えなかった。そう、ただセックスしただけだ。なんにも変わっちゃいない、アタシとゆうじの関係は……）

冷静にそう考えてみても、ゆうじが昨夜のことを覚えていないことを知って、かすみの胸はチクリと痛みを覚える。

これからゆうじと顔を合わせるたびに、その見えない針がいっそう深く胸に突き刺さるだろう。それが、一夜の快楽と幸せに身を任せてしまった者への罰なのだ。

かすみはある決心を固めた。ケータイを手に取り、どこかへ電話をかける。

「……あっ、オヤジか。かすみだよ、かすみ……就職活動？　やってるって……そんなことよりちょっと相談があるんだけど……アタシ、家を出ようと……」

☆　☆　☆

北海道の夏は、八月も十日ほど過ぎると、ピークが終わってしまう。あとはだんだんと涼しくなっていくだけで、八月末にはもう秋へと突入するのだ。

「……というわけで、ゆうじ、海、行こうぜ、海！」

三四郎のいつもの「……というわけで」に押し切られ、ゆうじは海水浴に来ていた。

押し切られてとはいうものの、出不精気味のゆうじにとっては、三四郎のような存在はむしろ有り難いものなのかもしれない。

「おおーっ！　いるいるいるーっ！　俺の到着を今や遅しと待ち焦がれていた……かもしれない、美しいお嬢様たちが！」

海パンに着替えるやいなや、海水浴の主な目的である海には目もくれず、三四郎は女の子の品定めを始める。

やれ「凄い美人だ」やれ「見事なナイスバディ！」と連発し、興奮する三四郎と比べて、ゆうじはどこか醒《さ》めていた。

（姉ちゃんに比べたら、あんなの……）と、どうしても二人の姉を思い浮かべてしまうのが、その原因だった。

「おっ、あの人、いいっ！　本日の浜辺の女神はあの人に決まり〜〜〜っ！」

とか言いつつ、三四郎は一人走っていってしまった。

「おいおい、三四郎！……まっ、いいか。これで三四郎もかすみ姉ちゃんのことを少しでも忘れてくれたら……」

今もかすみが三四郎のフルネームを覚えていないことから望み薄だと考え、ひそかに三四郎のナンパ成功を願うゆうじだった。

（……そういえば、去年までは姉ちゃんたちと三人で海に来てたんだよな）

普通はゆうじぐらいの年齢になれば、休みを家族で一緒に過ごすことは稀《まれ》だろう。ゆうじの場合、ここ数年は親が不在という環境もあって、夏といえば、花火大会、海水浴等と、かすみ、優子、ゆうじと三人で連れ立っていくのが常だった。

（今年は……花火も三四郎とナンパだったよな。優子姉ちゃんは浦沢さんと一緒で……）

実のところ、今日の海水浴もゆうじは二人の姉を誘ってみたのだったが……。

「悪いな、ゆうじ。卒論も大詰めだし、就職もまだ決まってないしな」

そう言って、かすみは断ってきた。実際にその二つが大変なのはゆうじもわかってはいたが、何となくかすみが最近自分を避けているようにも感じていた。

「ごめんね、ゆうじ。その日は前から慎太郎さんと約束していたの。デパートのポンペイ展、見に行こうって」

　優子の返事に、「それでも来てくれ」とは、ゆうじは言えなかった。

「……こうやって、人は大人になっていくのかな」

　そんなことを言って、ゆうじは優子への想いを郷愁にすりかえてもみた。それでも鼻の奥がツンと来るのは止められない。まさか、夏の陽射《ひざ》しが注ぐ華やかなビーチで泣くわけにもいかず、ゆうじの足は一人になれる場所、岩場に向かう。

「それにしても……くそっ、何がポンペイ展だよ、格好つけやがって……ん？」

　ブツブツ愚痴を呟きながら岩場を歩いていたゆうじは、何かの人影を見つけた。

「今、誰か……あっ！」

　女の子が一人、岩場の陰にいた。どうやら水着の肩紐《かたひも》を直しているようで、片方の乳首がゆうじから丸見えだ。

（グリーンの水着がよく似合ってるな。俺より年下みたいだけど、あの胸は……）

　悲しい男の性で、ゆうじの目はどうしても見えている胸に集中してしまう。幼い顔立ちとは対称的に、彼女の胸はEカップくらいはありそうに見える。

（あれっ……あのコ、どこかで……？）

　ようやくゆうじは、左右に結んだ女の子の髪型に見覚えがあることに気付いた。それとほぼ同時に、顔を上げた女の子と目が合ってしまった。

「え……キャアァァァァッ！　エッチィィィ！」

「うわっ……ご、ごめん！」

ゆうじは慌てて、回れ右をした。

「その……覗《のぞ》くつもりはなかったんだ。ただ、ちょっと……それに、キミ、どこかで会ったことないかな……あっ、そう。確か、学園祭の時に……えっ？」

再び振り返ってみると、女の子の姿は消えていた。

そう、これも又、あの学園祭の時と同じように。

☆　☆　☆

同じ頃、優子は浦沢とポンペイ展の会場にいた。

ちなみに、ポンペイとは、イタリア南部のナポリ湾湾岸にあった古代都市のことである。ベスビオ火山の爆発により埋没し、十八世紀に遺跡が発掘されて知られるようになった。

「凄いなぁ……慎太郎さんって経済が専門なのに、どうしてそんなにポンペイのこととか、詳しいんですか？」

「僕の専門は古代経済、特にローマ経済だったからね。これでも若い頃は、歴史に行くか、経済に行くかで結構悩んだものさ」

展示物から目を離して、優子がポツリと呟いた。

「いいなぁ、二つも選択肢があって……わたしなんて、いつも一つだったから」

「優子ちゃん、一つって？」

「お母さんが亡くなった時は、わたしが家事をするしかなかったし……高校を卒業した時もそのまま専業主婦するしかなかったし」

実際はそんなことはなかったのだが、相手が浦沢という家族ではない存在の気安さから愚痴めいたことを言ってしまう、優子だった。

「優子ちゃんはその……自分を犠牲にしすぎるんだな」

「えっ……？」

浦沢が言った『犠牲』という言葉に、優子は反発を覚えた。

そして、先ほどの自分の言葉にも嘘があったことにも気付く。選択肢が一つしかなかったのではなく、自分から他の選択肢を捨てていったのだということに。

「あの……違うんです。その、犠牲とかそういうのじゃなくて……」

「弟くんのため……ということかな？」

「え……」

浦沢の言葉は現実を言い当てていた。実際、優子はゆうじのために母親代わりに家事をして、ゆうじのために専業主婦の道を選んだのだから。

でも、今の問いかけに優子は「はい」と頷《うなず》くことはできなかった。浦沢の自分を見つめる目が、何か別の意味まで含めてそのことを聞いているような気がしていたからだ。

「……まぁ、仕方ないかな。そういう優子ちゃんの優しいところも、僕は気にいってるんだからね」

それは、言葉に詰まった優子への助け舟であると同時に、浦沢当人にとっても今の優子との微妙な関係を壊したくない、そういった気持ちの現れであった。

その後に用意されていたレストランのディナーでも、二人はあまり問題の核心に触れないようにと、当たり障りのない会話でお茶を濁していた。

「このシャンパン、美味《おい》しいですね。ウチの姉さんだったら、軽く一本、開けちゃうかも」

「こう言うのも失礼だけど、そんな感じだね」

「それで、いつも家ではゆうじにお酌をさせるんですよ。ひどいと思いません？」

「そうだね。でも、ゆうじくんはあんまり嫌がってないかも」

「そうなんですよ。ゆうじがもっとビシッと言ってやればいいのに。この前の学園祭の時だって、姉さんったらゆうじを朝まで引っ張り回して……」

単に話の流れだったのだが、優子はかすみとゆうじが二人で朝帰りした日のことを思い出してしまった。酒の酔いも手伝って、何かモヤモヤしたものを優子は感じる。それは、若い男女が朝帰りしたと聞いた時に一般的に誰もが思い浮かべる、類《たぐ》いのものだった。

「ゆうじくんとかすみさんの二人って、性格は逆みたいだけど、そのぶん相性はいいみたいだよね」

浦沢の発言が、優子の中のモヤモヤを助長させる。それはやがて嫉妬《しっと》という感情に。

「……慎太郎さん、シャンパンお代わり！」

「優子ちゃん、あんまりペースをあげて飲まないほうが……」

「だ～いじょ～ぶで～す。くすくすくす」

どう見ても、大丈夫には見えない状態の優子であった。

☆　☆　☆

その頃、八神家のダイニングキッチンでは……。

「ていやっ！　とうりゃあーっ！」

と、かすみが不得意な料理という分野と、懸命に格闘していた。

「かすみ姉ちゃん、俺さぁ……」

少し離れた場所にいる、その料理を食べさせられるモルモット……もとい、試食係のゆうじが、海水浴から戻ってきてしまったことを後悔していた。

「あんまり腹へってないっていうか……」

「さあ、このタバスコとミントを隠し味として……」

「ここは出前でも取ったほうが無難じゃないかと、俺は思うんだけど……」

「あちゃ～、隠し味にしては入れすぎたかな。こういう時は……醤油《しょうゆ》だな、やっぱ。日本人の心の故郷、醤油で味を整えれば……」

かすみの言葉を聞けば聞くほど、ますますゆうじは不安になってくる。

「まあまあ、ゆうじ。今日は姉ちゃん、機嫌いいんだから。実はな、今日面接に行った会社がなかなか好感触だったんだ」

「えっ、そーなの？　で、どういった会社なの？」

「そんなに大きなとこじゃないんだけど、『野獣出版』っていう出版社だ。やっぱ、この知的なかすみ様にはクリエイティブなとこが合ってるんだよなぁ」

（クリエイティブはともかく、『野獣出版』のかすみ姉ちゃん……というのはイメージがぴったり合いすぎてて、少し怖いな）

これ以上、料理の味がおかしくならないようにと、口には出さず心の中で呟くだけにとどめる、ゆうじ。しかし、遂に避けられぬ時がやってくる。

「ドン！」と、かすみの作った料理がゆうじの目の前に置かれた。

「お待たせっ！　さあ、かすみ姉さまの愛情料理を召し上がれ」

それは麺《めん》とご飯がごちゃ混ぜになった料理で、なにやら刺激的な匂いも放っている。

「かすみ姉ちゃん……ちなみにこれって何ていう料理なの？」

「かすみ姉さま特製のボリューム満点、スペシャルスパゲッティランチだ。簡単に言えば、スパゲッティとチャーハン両方のいいとこ取りってとこだな」

「俺には、お互いにいいとこを消し合っているように見えるけど」

「つべこべ言ってないで、食えーっ！」

無神論者であるゆうじが、この時始めて神に願った。

「どうか無事に済みますように……パクッ……んぐぐっ！」

「どれ、どれ、アタシも……パクッ……んががが！」

二人はその時、確かに神の姿を垣間見た。

つまり、束の間、意識を失ってしまうほど、不味《まず》かったわけだ。

「……ごめんな、ゆうじ。やっぱり付け焼刃じゃあ、優子みたいにはいかないよな。ハハハ……」

「ううん、そんなことないって。かすみ姉ちゃんが一生懸命だったのはわかるから、それは凄く嬉しいし」

こういうゆうじの言葉が、かすみの母性本能というか、女心をくすぐってしまうのだ。

「よしっ！　代わりの晩飯は姉ちゃんのオゴリだ。寿司でも取って食おう！」

「あ、姉ちゃん、別にいいよ、そんな……」

「遠慮するなよ。そーだ、今日は特上だ。特上でいくぞーっ！」

かすみは「特上！　特上！」と叫びながら、出前の電話をかけに行った。

実は、ゆうじはあまり寿司は好きではなかった。

味うんぬんではない。それが、ゆうじが母親と一緒に食べた最後の食事だったからだ。

……「ごめんね。裁判で決まっちゃったの。私も本当はゆうじと……」

……「ゆうじ……許してね」

そう言って去っていく母の後ろ姿、その辛《つら》い記憶が呼び起こされてしまうからだった。

まだ優子やかすみが家に来る前のこと、遅く帰ってくる父親、光彦がエサを与えるかのように放り投げてくる物が、寿司の折り詰めだったことも、その印象を悪くしていた。

相手の感情の変化に、かすみは敏感だ。特にゆうじに関しては。

「……ん？　どうした、ゆうじ。せっかく特上寿司が来るってのに浮かない顔だな」

「ううん、なんでもない」

「そっか」と言って、ゆうじの前に座ったかすみの顔も真顔になっていく。

かすみにはゆうじに話しておかなければならないことがあった。就職もメドがつきそうになり、二人きりになった今がそのいい機会だった。

「ゆうじ……姉ちゃんな、近いうちにこの家、出ようと思ってるんだ」

「え……家を出るって……それって……」

途切れ途切れに聞き返すゆうじは、座っているソファーがまるでズブズブと沈んでいく底なし沼のように頼りないものに感じられた。

「この家にいると、あのオヤジのスネをかじってるみたいでシャクだったしな。それに、姉ちゃん、高校の時からずっと一人暮しするのが夢だったんだ」

ゆうじには、かすみの話す、家を出る理由などは全く無意味だった。母が自分を置いて出ていった時の「……ごめんね」という言葉と同じように。

かすみにとっても、実はそれは言い訳にすぎず、他に理由があったのだが。

しばらくして、出前の寿司が届けられた。

やはり寿司はゆうじにとって、凶兆なのだろうか。

☆　☆　☆

無理やり、ゆうじが寿司を喉に押し込んでいた頃、優子はやっと酒の酔いによる眠りから目を覚ました。

「んん……ここは……？」

近くに人の体温が感じられた。そして、その人が自分の服のボタンを外していることも。

「し、慎太郎さん？　え？　な、なに、ここって、ベッドの上？」

「やっと気がついたんだね、優子ちゃん」

（ベッドの上のわたし……わたしの上にのしかかる慎太郎さん……慎太郎さんの手で外されている服のボタン……セックス！）

瞬時に連想ゲームにより答えを導き出した優子が、抵抗を始める。

「いやぁっ、ちょっとやめてください！　こんなのって卑怯《ひきょう》です！」

「おいおい、それはないよ。キミをここに運んだのは休ませるためなんだよ。ボタンを外したのだって、キミが苦しそうだったから楽にしてあげようと思って」

「え？」

「襲うのなら、とっくの昔に襲ってるさ。だろ？」

苦笑する浦沢を見て、優子は自分の勘違いに気付いた。

「ご、ごめんなさい。わたしったらすっかり慌てちゃって……馬鹿ですよね」

「そんなことはない。キミを抱きたい、僕がそう思ってるのは事実だからね」

「あ……」

優子は浦沢の突然の告白に黙ってしまう。

いくら奥手の優子とはいえ、男性のそういった生理はわかった。キスすら求めてこない浦沢が、そういう気持ちを必死に抑えてきたことも、今、理解した。

(……今まで、わたしってば、慎太郎さんの優しさにただ甘えていたのかな)

そう考えると、「彼になら抱かれてもいいかな」と少し心が揺らいでしまう優子であった。それを実行するには、処女である彼女にはまだ多くのハードルが存在していたが。

「たぶん、遊びならとっくにキミを抱いていたと思う。でも、今はキミを失いたくはない」

浦沢の言葉に、優子の気持ちが又、グラリと揺れる。

「だから、無理強いはしたくないんだ。でも……もし、今、僕がキミを抱きたいって言ったら、どうする？」

「………」

優子には即答できなかった。今はただ沈黙を続けるだけだった。

浦沢が大きくため息をつき、続いて意外なことを口にした。

「弟くんと同じなんだね、そういうところは」

「え……？」

「前にね、大学であった時に、ゆうじくんに聞いてみたことがあるんだ。『僕のことは嫌いかい？』ってね。彼もやっぱり、そうやって黙ってたよ」

（ゆうじと同じ？……ゆうじ……ゆうじは弟……ゆうじは大切な人……ゆうじは……ゆうじはわたしにとって……ゆうじ……ゆうじ……）

いつしか、優子はゆうじを追い求め、そして、彼の顔を思い描いていた。

……ゆうじが、少し照れくさそうにしながら微笑《ほほえ》む。

それが、優子が一番好きなゆうじの表情だった。

優子は言った。

「だ、駄目なんです……その……今日は生理なんです」

それは、優子の中にいるゆうじが言わせたウソだった。

☆　☆　☆

次の日の朝、優子は駅前に浦沢といた。

「夕べはごめんね、突然あんなことして……優子ちゃん、その、又、会ってくれるよね？」

「は、はい。じゃあ」

浦沢は紳士的だった。生理中と断った優子に対しても別に怒り出すことはなく、自分が寝るのも別の部屋をわざわざ用意していたのだ。

「……いい人なんだろうな、やっぱり」

優子は家路を辿る足が重く感じられていた。

朝帰りだから、というわけではなかった。昨夜の出来事は、優子に自分の気持ちを気付かせるきっかけとなっていた。

浦沢には好感を持ち、「抱かれてもいいかな」とは思った。しかし、それは「抱かれたい」では決してなかった。

優子が「抱かれたい」、そして、「抱きしめたい」と思うのは、全く別の人物だった。

ふと足を止めて、優子は呟いてみた。

「……ゆうじに抱かれたい」

胸がカァーッと熱くなるのと同時に、ギューッと締め付けられる気がした。

女としての自分と、姉としての自分が、胸の中でせめぎ合う。

それは帰宅したあとも続いた。

ゆうじが出かけていると知って少しホッとしたのも束の間、かすみの顔を見て、優子の中にある女の部分がざわつき始める。朝帰りした自分は棚に上げて、昨夜ゆうじと二人きりで過ごした姉に対して、今ではもう自覚している嫉妬という感情が生まれてしまう。

「朝帰りとはいい御身分だな、優子。まあ、こっちはこっちで、ゆうじと特上寿司で盛り上がったけどな。ケケケ……」

いつものかすみの軽口が、今の優子には許せない。

「たまにはいいでしょ！　わたしだって息抜きくらいしても！」

「何を怒ってんだよ。別に悪いなんて言ってないだろ。……優子、なんかあったのか？」

飽くまでも冷静なかすみに、優子はとうとう爆発した。

「姉さんは……姉さんはいつだってそうよ！　昔から好き放題で、自分のことしか考えてない！　わたしだけ、いつも……」

自分でも理不尽なことを言っているとわかっていたが、優子はもう止まらなかった。

「わたしは姉さんと違う！　わたしは家族のためにいっぱい……いっぱい我慢してきたんだもん！」

リビングのテーブルを挟んで、二人の間に気まずい対立が生まれる。

かすみが、少し哀しそうな顔をして口を開いた。

「……アタシが自分のことだけ考えてたと思ってたのか」

「…………」

「お前やゆうじの前で、いつもバカみたいなことばかり言ってるのだって、全部、好きでやってたと思ってたのか」

「えっ……？」

「アタシやゆうじの気持ちを、お前も少しは……まあ、いいや。アタシもこれからはせいぜい自分のことだけ考えるようにするよ」

かすみは踵《きびす》を返して、リビングを出ていく。

何か言わなければと思いながらも、優子の口から出てきた言葉は、

「姉さん……」

と、ただ声をかけるので精一杯だった。

かすみは優子に背を向けたまま、今の自分の決心を告げた。

「アタシは近いうちにこの家を出るから。ゆうじにももう話してある。お前もあのインテリと結婚するなり、あとは好きなようにすればいいさ」

リビングを出たかすみは、そのままふらりと玄関から外に出ていった。

優子は、一人リビングに残される。

気付いてしまった、弟ゆうじへの報われぬ想い……。

家を空けがちな、最近のゆうじの落ち着かない様子……。

そして、かすみの独立……。

優子は、緩やかではあるが、家族が崩壊していくような気がしていた。

「母さん……どうして死んじゃったの……ぐすっ、ううっ……」

今は亡き者に語りかけ、優子はそう涙を流すしかなかった。

☆　☆　☆

（人が何かを失う時には、全てを一気に失っていくものなのかもしれない……）

喫茶『かんぱねるら』の一角、いつものカウンターの席で、ゆうじもそんなことを考えていた。

「どーしたの、まーた、暗い顔してぇ。まあ、そーいうとこが私の保護欲をくすぐるんだけどね……チュッ！」

カウンター越しに、マスターである美礼がいきなりゆうじの頬にキスしてきた。

「うわっ……もう、急になんですか、美礼さん！　他にお客さんもいるのに」

「いいの、いいの。ゆうじクンが来てる時は、他のお客さんなんてオマケみたいなもんよ。それより、何かあったんでしょ？」

「うん……姉さんが家を出ていくって。それを聞いたら、なんかちょっと……」

ゆうじは、美礼には素直に心情を話せるようだ。

「お姉さんって、確か二人いたよね、ゆうじクンには。で、どっちのほうなの？」

「……強いほう」

「強いっていうと……ああ、空手やってるお姉さんのほうね」

「そーいう強さじゃないんだ、美礼さん。かすみ姉さんは本当に強い人なんだ。ずっと、憧れていたんだ、姉さんの強さに……」

ゆうじは自分の手首にある傷跡をそっと指でなぞった。その仕草は、十三歳の時の記憶を……拭いようのない過去の辛い出来事を思い出させる。

（……中学生の俺は、いわゆるイジメを受けていた。そして、その現実から逃げ出そうと、俺はカッターで自分の手首を切って自殺を……）

「バカヤロー！　ゆうじ、お前は何でこんなことを……何でこんなことをする前に、アタシに……」

（出血で薄れていく意識の中で聞いた、かすみ姉ちゃんの言葉がそれだった……そして、俺の身体の中には今も流れているはずだ、同じＡＢ型のかすみ姉ちゃんの血が……）

「ウチの弟をいじめてたのは、お前らかーっ！」

（そう叫んで、トイレでイジメを受けていた俺を助けに来てくれた、かすみ姉ちゃん……イジメをしていた連中を全員叩きのめした強さより、俺には数人を相手にすることを、その結果を恐れない、かすみ姉ちゃんの強さに憧れたんだ）

ふと口をつけた、美礼特製の甘いはずのアイリッシュコーヒーが、苦く感じられた。

それは、自分が愛情を受けるばかりだったことを知った、苦さだった。

（そう、優子姉ちゃんからも、俺は……）

ゆうじの回想は更に昔へと遡《さかのぼ》る。

（大切なもの、母さんを失ってから、俺は沈黙することを覚えた。何も言わず、何も望まず……それが自分が傷つかずに済む唯一の方法だと信じていた）

「どうしたの、ゆうじクン？　何がしたいのかなぁ。お姉ちゃんに言ってごらんよ」

（姉となった瞬間から優子姉ちゃんは、意思表示をしない俺に向かって根気強く話しかけてきた。親父《おやじ》のように癇癪《かんしゃく》を起こすこともなく、いつも優しい笑顔で……）

「そっか。ゆうじクンは、朝はパンよりご飯のほうがいいんだ」

（ある時、俺は気付いたんだ。優子姉ちゃんの笑顔を見るのが好きなことに。それは、俺の世界に母さん以外の他人が入ってきた、初めてのことだった……）

突然、ゆうじの視界に美礼の顔がアップになった。

「……フーン、やっぱり、ゆうじクンってお姉さんのことが好きなんだ。そういえば、最初に会った時も河原でなんか、そんなことを言ってたような……」

美礼の鋭い指摘が、ゆうじを回想から現実に引き戻した。

「そ、そ、そんなんじゃ……ないです」

「そう？　本当に？」

美礼の邪気のない目で真正面から見つめられると、ゆうじは絶句するしかなかった。

「……好きなのね。うーん……ゆうじクンがシスコンだったなんて、ますます可愛くなっちゃう！」

そう言って、美礼はスキップを踏むような足取りで、店の入口に『開店準備中』の札をかけに行く。気がつくと、店内にはゆうじしかいなかった。

「あの……美礼さん、俺、そろそろ……代金は、ここに……」

「ん？　これじゃあ全然、足りないじゃない。青少年のお悩みに答えてあげた相談料が入ってないわよ」

「相談料？　それって、まさか……」

「一応言っとくけど、相談料は時価というか、こちらの言い値になってま～す」

妖艶《ようえん》な笑みを浮かべた口を使って、ひざまずいた美礼がゆうじのズボンのファスナーを下ろしていく。ここでも一方的に美礼の愛情（？）を受けるばかりのゆうじは、彼女の舌の動きに翻弄《ほんろう》され、『顔射』という初めての体験をするのだった……。

先送りにしたいことは、あっという間にやってくる。

☆　☆　☆

八月末、その日は、『野獣出版』に就職が内定したかすみが家を出ていく日だった。

最後の朝食と言うのも変だが、かすみ、優子、ゆうじの三人は寂しさを隠して、いつものようにテーブルを囲んでいた。

「おい、優子、この味噌汁《みそしる》、ちょっと味、薄いんじゃねえか」

「塩でも振っとけば。文句言うなら食べなくてもいいのよ、姉さん」

「くぅーっ、冷たい妹だこと」

「これからは姉さんの分の食費が浮くから、贅沢《ぜいたく》な物、食べられるわねぇ、ゆうじ」

「くーっ、更に冷たいことを……」

「今日の優子姉ちゃん、まるでかすみ姉ちゃんみたいにツッコミがキツイね」

「えっ、ウソ！　性格の悪さって空気感染するのかしら」

「アタシの性格は伝染病かーっ！」

団欒《だんらん》の時間が終わり、やがてその時がやってくる。

八神家の玄関前に停められた運送会社のトラックが、かすみが乗り込むのを待っている。

「姉さん……向こうの部屋のほうには、本当に手伝いに行かなくていいの？」

「いいって、いいって。二人とも少ししたら、遊びに来ればいいからさ。勿論、来る時はオミヤゲを忘れずにな。カカカ……」

優子がゆうじの背中を軽く前に押す。

「ゆうじ。ほら、姉さん、行っちゃうよ。何か言わないと……」

「かすみ姉ちゃん……」

この土壇場に来て、「寂しいよ」とか「行ってほしくない」とか言うわけにはいかないと、ゆうじは思った。それが偽りのない本音だとしても。

「……これからは自炊しなきゃいけないんだから、少しは食べられるものを、ね」

「それは正しいアドバイスね、ゆうじ」

クスクスと笑う、優子。

「チェッ」と膨れっ面を見せる、かすみ。

ゆうじも無理して笑顔を作ってみせる。

「……じゃあな」

たった一言そう言って、かすみはトラックに乗り込んだ。

排ガスを残して、トラックが走り出した。

この家での七年間の思い出をゆうじに残して、かすみは行ってしまった。

……その夜、ゆうじは又、あの宝箱を開けて、泣いた。

泣きたい時にはいつもこうして宝箱を開く。一時の安らぎを求めて。

けれど、今日はいつもとは違った。涙をどれだけ流しても、そこには安らぎはなかった。

その訳は、ゆうじにもわかっていた。

かつて、あったもの。

かつて、自分の元にあって去っていってしまったもの。

永遠に取り戻せないもの。

その代わりになるものが、この宝箱には納められていた。

それと同等のものが、今日、失われたのだから。

第三章　秋

トン、トン、トン……。

規則正しい包丁の音が、ダイニングキッチンから朝の訪れをゆうじに伝える。

エプロンの紐《ひも》と、背中に豊かに垂れかかるロングヘア。ゆうじが優子の後ろ姿を眺める。

一見、いつもと同じ、八神家の朝のヒトコマだった。

「あ、そうだ……そろそろ、かすみ姉ちゃんを起こしに行かなきゃ……」

そう呟《つぶや》いて、ゆうじが立ち上がると、包丁の音が止んだ。

「ゆうじ、姉さんはもう……」

優子がそう言葉にした時には、もうゆうじは二階に駆け上がっていったあとだった。

「……かすみ姉ちゃん、起きてる？　朝だよ」

踵落《かかとお》としに備えて身構えながら、ゆうじはかすみの部屋の扉を開けた。

「かすみ姉ちゃんってば……あ……」

そこは、家具も何もない、空っぽの部屋。

壁についたポスターが貼られていた跡以外は、かすみがいた痕跡《こんせき》は綺麗《きれい》に拭《ぬぐ》い去られている部屋だった。

「……そうか。かすみ姉ちゃんはもういなかったんだ」

「……ゆうじ」

優子が、ゆうじの後ろに立っていた。

「ゆうじ……姉さんがいないと、寂しい？」

「俺ったらすっかり忘れてて、かすみ姉ちゃん、起こしに来ちゃってたよ。習慣って恐ろしいね。ハハハ……」

ゆうじは優子の問いかけにはあえて答えず、笑って今の自分をごまかすのだった。

☆　☆　☆

かすみのほうは、ゆうじよりももっと重症だ。

とりあえず寝場所としてベッドを組み立てただけで、あとはダンボール箱の山といった部屋の中に、かすみはいた。正確には、まだ布団の中に。

「……ん？　朝？　いや、もう昼か」

今朝は珍しく結構早い時間から目を覚ましてはいたかすみだったが、グズグズと二度寝、三度寝を繰り返していた。

「……いくら待っても、ゆうじは起こしに来ないんだよな」

布団の中という状況でゆうじのことを思うと、つい妙な方向へと思考が傾いてしまう。

「あの時……ゆうじ、アタシのオッパイ、好きだって言ってくれたんだよな。この乳首もグミみたいだって……はっ、アタシ、何しようとしてたんだ？　アタシのバカッ！」

そこで、クーッとかすみの腹の虫が鳴った。

「……優子の奴、気を利かせてメシぐらい持ってきてくれてもいいのによぉ」

一人暮し一日目から、この有様である。

「ゆうじもアタシたちと暮らすまでは、こんな感じで一人ぼっちだったのかな」

幼い頃のゆうじの気持ちが少し実感できたことが、唯一の収穫だった。

そんなことを考えているうちに、もうかすみの部屋の窓には夕焼けが映えていた。

☆　☆　☆

日々は過ぎ、もう季節は秋。その姿が雪片に似ていることからそう呼ばれる『雪虫』が飛ぶ季節であった。

とある日曜日、その日はゆうじにとって暗い休日となった。

かすみが家を出てからの優子との二人きりの生活に、ゆうじはまだ慣れていない。その日の朝食もどことなくぎこちないものだった。

ズズッ……。味噌汁《みそしる》をすする音も、やけに大きく聞こえた。

会話のきっかけをつかもうと辺りを見回したゆうじの目に、優子お手製の弁当が映った。

「あれっ？　優子姉ちゃん、あのお弁当……今日は日曜日だけど」

「あっ……その、あれは……今日、浦沢さんに富良野に行かないかって誘われてるの。あのお弁当はそのために……」

「そっ、そうなんだ」

納得してみせたゆうじだが、心中は穏やかではない。

「ゆうじも一緒に行く？　泊まりにはならないと思うから、月曜日の授業には影響ないと思うけど……」

「行かない」と、ゆうじはぶっきらぼうに答えた。そこで終わればいいのに、腹立ちまぎれに余計なことまで言ってしまう。

「優子姉ちゃんも富良野だったら、泊まってくればいいだろ！　俺は一人だって大丈夫だよ。もう子供じゃないんだし。姉ちゃんだって好きにすれば……」

「ゆうじ……そんな言い方しなくても……」

哀しそうな顔をする優子だったが、結局、浦沢とのデートには出かけていった。

ゆうじはどうしていたかというと、休日にも関わらず、家で一人ボーッとしていた。

あんなことを言ったものの、（もし、優子姉ちゃんが浦沢さんと泊まってきたら……）と考えると、何もする気が起きなかったのである。

そして、今日のアンラッキーな日を締めくくる電話が鳴った。

「はい、八神ですが……あっ！」

電話をかけてきたのは、父親、光彦だった。

「何だ、ゆうじか。優子はいないのか」

久し振りに話す実の息子に向かって、「何だ」はないだろうと、ゆうじは苛立《いらだ》つ。

優子は浦沢と出かけていると伝えると、「そうか、そうか、よしよし」と一人喜ぶ光彦の声が、余計にゆうじの気持ちを逆なでする。

「今週末にそっちに帰るからな。その時には結婚の話をまとめるつもりだと、優子に伝えておけ。わかったな」

父、光彦の身勝手な言い草に、とっくにゆうじは「はい」と返事をする気力はなく、昔からそうするように黙り込み、電話を切った。

☆　☆　☆

浦沢とのデートに出かけた優子のほうはというと……富良野に向かう特急の車中にいた。

優子は本音を言うと、今日のことを朝、話した時にゆうじに止めてほしかった。だから、その願いが果たされなかったあとも、待ち合わせの場所に着くまで、

(今からでも遅くない。ゆうじ、引き止めに追いかけてきてくれないかな……)

と、優子は後ろをたびたび振り返る始末だった。

「……富良野に到着するのは、お昼すぎになってしまうかな。軽く車内で何か食べておこうか？　優子ちゃんが富良野特製ワインで酔っ払わないようにね」

浦沢に差し出した。

先日の自分の醜態を思い出し、頬《ほお》を赤く染めた優子は、例のお弁当をバッグから出し、浦沢に差し出した。

「浦沢さん、これ、よかったらどうぞ」

「優子ちゃんのお手製の弁当か。何か催促したみたいで悪いなぁ。じゃあ、遠慮なく……」

弁当を開けた浦沢が少しがっかりした顔になった。

「……ハートがないんだね」

「えっ……？」

「いやね、前に僕のゼミの表くんに聞いたんだ。弟のゆうじくんのお弁当には毎日、ハートマークがあるって。だから、てっきり……」

「浦沢さん、それは、あの……その……」

まさか、「ゆうじだけは特別なの」とは言えない優子だった。

「それに……優子ちゃんも気付いてないみたいだけど、この前から僕を呼ぶのが『慎太郎さん』から『浦沢さん』に戻っちゃったんだね」

「あ……」

その時、優子は悟った。

（もしかして、この人はわたしの本当の気持ちに気付いているのかもしれない）

それでもこうして変わらず接してくれる浦沢には、正直、「ごめんなさい」と謝りたいと思う優子だった。

（ゆうじはどうしたって、弟なんだから……ゆうじへの想いを忘れることができるのなら、やはり、この人と……）

物事を消去法的に考えてしまうのが、昔からの優子の悪い癖だった。

☆　☆　☆

父親は、一家の大黒柱、だと言われる。

しかし、それは父親という肩書きだけあればいいというものではないだろう。

それを逆説的に証明する人物、八神光彦が赴任先の外国から八神家に戻ってきた。

嫌だからといって、何ヵ月ぶりかの親子の対面になる場から逃げ出すわけにもいかず、ゆうじもダイニングキッチンのテーブルについていた。

母親似のゆうじとは違い、太い眉《まゆ》とがっしりした顎《あご》の線が、父、光彦の、頑固な人となりをよく表している。

「かすみはどうしたんだ、かすみは。ワシが帰ってきてるというのに、あいつは！」

「姉さん、今日は就職先の会社に呼ばれているから、少し遅くなるって」

「まったく、あいつも出版社かなんだか知らんが、マスコミなんぞに決めおって。ああいう業界の人間は信用ならん！　ワシのコネでいくらだって就職なんか……」

「お父さん！　帰ってきたばかりなんだから、今日ぐらいはそんな話は、ね」

テーブルに料理を並べながら、優子が懸命にフォローを入れる。

そんな姉の姿を見ると、ゆうじの中でますます父親への憤りが溜まっていく。

「まあ、今回は優子のことで帰ってきたんだからな。ワシが日本にいる一週間のうちに、婚約まで話を進めるぞ」

　ガチャンと、優子の手元で食器が音を立てた。

「ちょっと待ってよ、お父さん！」

「慎太郎くんは有望だぞ。三十前で大学の助教授になるなんて、滅多にあることじゃない。優子も二十代で助教授夫人ってわけだ」

「結婚するのはわたしなのよ。お父さんじゃないでしょ」

「これで、ワシも浦沢専務に顔が立つってもんだ。ワッハッハッハ……」

　優子の話に耳を貸さず、オマケに馬鹿笑いを始めた光彦の態度に、遂にゆうじがキレた。

「親父《おやじ》、少しは姉ちゃんの話を聞けよ！　それに、姉ちゃんは親父の出世の道具じゃ……」

　有無も言わせず、光彦の拳《こぶし》がゆうじに飛んだ！

「お前は黙ってろ！　誰が口出ししていいって言った！」

と、又、一発！

「お前は大学で勉強していればいいんだ！　すねっかじりのくせに、ワシに意見など！」

と、更に一発！　子供の頃とは違い、泣きたいほどの痛みは感じない。ただ、（親父は一生、こうなんだろうな）という苦い認識があるだけだった。

「だいたい、誰の家に住んでると思ってるんだ！　誰が学費や生活費を出してると思ってるんだ！　それが嫌なら、今すぐにでもこの家から出ていけっ！」

「お父さん、もうやめてっ！」

「うるさいっ！　優子が甘やかすから、こいつは！」

止めようとする優子を、光彦が強引に振り払った。その勢いで、優子が転倒してしまう。

「姉ちゃん！」

ゆうじの鼓動が「ドクン！」と一つ大きく鳴った。その響きは、知らずに握りしめていた拳にも伝わった。

「親父……姉ちゃんに……姉ちゃんに何をしたあぁぁぁっ！」

バキィィィィッ！

それは、ゆうじが生まれて初めて他人に対して、拳を振るった瞬間だった。

予期せぬ行動に全くの無防備だった光彦は、壁に身体を激突させた。

「ゆうじ……」

転倒から立ち上がった優子は、何か信じられないようなものを見ている気がした。

ゆうじ自身も、たぶん同じ気持ちだっただろう。

「あ……お父さん、大丈夫！……えっ、ゆうじぃ！」

優子が倒れている光彦に駆け寄った隙《すき》をつくように、ゆうじは家の外へと駆け出していった。……なぜ、彼はそうしたのか？

ゆうじは、光彦を殴ったことを後悔していたのだった。

光彦には悪いが、それは実の父親を殴ってしまったことへの罪悪感ではない。

（俺は……俺は、親父と同じことをしてしまった……！）

殴った原因の大本には、優子への届かぬ想いがあった。

打ち明けられない自分への怒り……自分の気持ちに気付いてくれない優子に対する、もどかしさ……浦沢への嫉妬《しっと》……それらの表に出せない感情を全て、光彦を殴るという行為にぶつけてしまった、そう、ゆうじは考えていた。

（それじゃあ、気に入らないことがあるとすぐに俺を殴る親父と同じじゃないか。絶対にこうはなりたくないとずっと思っていた、あの親父と！）

今はここから少しでも離れたいと、ゆうじは闇雲に走り続けるのだった。

☆　☆　☆

「……あんな奴はもう勘当だ！　親に手をあげやがって」

光彦の怒号が響き渡る八神家に、ようやくかすみが顔を見せた。

「姉さん……遅いよ」

「いやー、オヤジ殿と顔を合わせるんだから、酒でも飲まないとやってられないと思ってな。ビール、買ってたら遅くなっちまった。……ん？　早速、なんかあったのか？」

起こったことの経緯を優子に聞いて、かすみの顔が「ほぉ」と感心したように綻《ほころ》んだ。

「……親に手を上げたら勘当ねぇ。なるほど、なるほど」

ニヤニヤしながら光彦に近付いたかすみは、いきなり彼の額にデコピンをかました。

「あたっ！　な、なにするんだ、かすみ！」

「これでアタシも勘当かい？　ほらっ、優子もちょっとビンタでもしてやれよ。子供を二人とも勘当しちまったら、老後が大変だぞ、オヤジ殿！」

光彦の顔が決まり悪そうになる。

「……ワ、ワシはもう疲れたから、寝る！　それから……勘当は保留するが、ゆうじが戻ってきても今夜は家に入れるんじゃないぞ！」

そう捨て台詞を残して、光彦は自分の部屋に戻っていった。

「姉さん、ゆうじのことだけど……」

「アタシは、よくやったと褒めてやるね」

「違うよ！　ゆうじのこと、探しに行ったほうがいいかなって」

まるで無視するかのように、かすみは缶ビールの栓をプシュッと開けた。

「ちょっと、姉さん、ビールなんか飲んでる場合じゃあ……」

「優子……お前なぁ、こういう時だけ優しくするってのは罪だぞ」

「えっ……？」

いつになく重い、かすみの言葉だった。

その真意を聞きたいと思った優子だったが……、

「カーッ、美味《うま》い！　今夜は、オヤジ殿を初めてKOしたゆうじに乾杯だーっ！」

ビールをぐびぐび飲み干す姿は、もういつものかすみに戻ってしまっていた。

☆　　☆　　☆

その頃、駅前にある居酒屋においても、乾杯が告げられていた。

「カンパ〜〜〜イ！」

乾杯のあとすぐに男たちの自己紹介が始まったところを見ると、どうやら合コンなのだろう。そして、その末席には、ゆうじの姿があった。

今夜の宿泊場所を確保しようと三四郎を訪ねたゆうじは、そのまま慶北女子大との合コンの場に駆り出されていたのだった。

(まあ、食うだけ食うか。どうせ酒はそんなに飲めないからな)

三四郎を含めた他の男どもが、懸命に女の子たちの気を惹《ひ》こうと奮闘しているのをよそに、一人ゆうじだけが居酒屋のメニュー全制覇に向かっていた。

「……隣り、座っていいかな？」

自分に話しかけてきた声に返事をするよりも先に、ゆうじは驚いていた。

「あーっ、キミは……！」

ゆうじの隣りにチョコンと座り、ビールのお酌までしてきたのは、学園祭で、そして浜辺で出くわした、あの女の子だったのだ。

「あっ、びっくりしてるとこを見ると、あなたもやっぱりあたしのことを年下に……つまり高校生かなんかだと思ってたわね！　ぶう！」

どうやら彼女は自分の童顔を気にしているらしい。しかし、プクッと頬を膨らませ、拗《す》ねている今の仕草が、幼いものだとは気付いていないようだ。

「いや、そういうんじゃなくて……キミっていつも突然、現れて、又、突然いなくなっちゃうだろ。だから、名前だって知らないし」

「あたしは『七瀬風華《ななせふうか》』。慶北女子大理学部の二年よ」

「えっ？　じゃあ、俺より一つ年上なんだ」

「『えっ』って何よ！　むかぁっ、やっぱり年下だと思ってたのねっ！」

「そっ、そんなことは……あっ、俺は……」

「ゆうじくん、八神ゆうじくんでしょ。あたしは『くん』付けで呼ぶけど、ゆうじくんは年下なんだから、あたしのことは『風華さん』って呼ぶこと！」

（あれっ？　俺、さっき確か自己紹介、パスしたはずだけど、なんで名前を……？）

ふと疑問を感じたゆうじだったが、風華との再会は正直、嬉しかった。

幼く見える容姿（と言うと風華は怒るだろうが）とは違い、風華はしっかりとした自分の考えを持っている女性だった。

「あたしも本当はゆうじくんのいる北斗に行きたかったんだ。だけど、親が浪人は絶対許さないって言うから仕方なく」

「でも、慶北だったら、そんなに悪くないと思うけど」

「ダメダメ。もう嫌な女ばっかし。自分はバカなくせにいい大学にいるつもりで、それをブランドだって勘違いしてるコ、多いし」

その過激な発言を他の慶北の女の子に聞かれなかったと、ゆうじのほうが周りを気にしてしまう。

「……ゆうじくんはあたしのこと、どう思う？」

「どう思うって？」

自分をまっすぐに見つめる風華の視線に、ゆうじはドギマギする。

「可愛いとか綺麗とか、いろいろあるでしょ。そういうことよ！」

「じゃあ、可愛い……」

ピクッとこめかみを反応させる、風華。

「……って言うと、風華さん、怒るんでしょ？」

「べ、別にそんなことは……」

「でも、そーいうとこが又、可愛いんだよな、風華さんは」

「バ、バカ……年下のくせに、もう！」

風華が顔を赤くしていたのは、おそらく酒のせいばかりではなかっただろう。

そして、合コンの一次会はお開きの時間を迎えた。

このまま二次会へとなだれ込む者、帰宅する者、ひそかに男女二人して脱け出そうとする者などで、店の前が込み合う中、ゆうじは風華に話しかける。

「あのさ、電話番号とか聞いていいかな、風華さん」

「え？　あっ、ああ、それが……」

「あ、別に嫌ならいいんだ。ただ、このまま別れちゃうのって、ちょっと……」

風華の様子は、電話番号を教えたくないというよりも、何か言いにくそうな感じだ。

「あのね、ゆうじくん……あたし、本当は……」

風華の言葉を途中で遮るように、少し遠くから三四郎の声がした。

「おーい、ゆうじ！　カラオケ、行くぞ、カラオケ！　今夜はたっぷりと俺様の水木○郎メドレーを聞かせてやるからなーっ！」

呼ばれた自分の名前に反応し、視線を一瞬風華から外したゆうじ。再び視線を戻した時には、もう風華の姿はなかった。

「あれっ？　風華さーん、風華さーん……又か。ということは又、風華さんに会えるってことでもあるよな」

そんな風に楽観的に考えられるほど、家を飛び出した時に比べて、ゆうじの心は楽になっていた。

(俺って奴は……いつも女性に助けられてばかりだよな)

そう、ゆうじは考え、軽くため息をついた。

☆　☆　☆

「……というわけで、スマン、ゆうじ！　今夜は遠慮してくれ！」

見事に女の子をゲットした友人の成功は、ゆうじを不幸にする。

三四郎の部屋に泊まることが不可能となり、ゆうじはあてもなく深夜の街を徘徊《はいかい》する。

「かすみ姉ちゃんも今日は家に泊まるって言ってたしなぁ……まさか、こんな時間に美礼さんの所に行くわけにもいかないし」

こんな時間でもまだ、ススキノの街の灯は遠くに明るく見える。

「あーあ、こんなことなら、カラオケで散財するんじゃなかった。そうすればホテルに一泊ぐらいは……」

この寒空の下で野宿を選ぶほど、愚かでも意地っ張りでも、そして身体が丈夫でもなかったゆうじは、自宅に戻る道を選んだ。

さすがにもう父、光彦も寝ているだろうとは思っていたが、それでもゆうじは慎重に玄関のドアのカギを開け、静かにドアノブを……。

ゆうじの脳裏にデジャ・ヴが走った。

(そうか……母さんがいなくなった夜も、こうして親父に見つからないように庭に出たんだった。あれを探すためにリビングで寝ている親父の目を盗んで……）

過去の出来事を再現するように、リビングには人影があった。

「……お帰り、ゆうじ」

「優子姉ちゃん……」

「ゆうじ……つかまえたっ！」

優子がリビングから飛び出してきて、ゆうじを腕の中に抱きしめた。

物理的なものだけではない温かさを、ゆうじは感じる。

（この温もりを手放したくない……そう、誰にも！）

激情に身を任せてしまいそうになるのを恐れ、ゆうじは優子の腕を解いて自分から身体を離した。

優子も自分の今の大胆な行動に内心、驚いていた。行動それ自体よりも、ゆうじの顔を見た途端にそうせずにはいられなかった自分の気持ちに。

「……優子姉ちゃん、心配かけてごめん。それに、その……親父のこと殴ったりして、俺、悪いと思ってる」

「じゃあ、ゆうじ……明日一緒にお父さんに謝ろうね」

「それは……ダメだよ。下手に出る相手には、親父はとことん図に乗ってつけあがってくるんだ。きっと許すかわりに、優子姉ちゃんに浦沢さんと結婚しろとか……」

優子が、ゆうじの額をツンと指で突いた。

「こらっ！　ゆうじはお姉ちゃんを馬鹿にしてるな。お父さんが何を言ったたって、わたしは自分のことは自分で決めるんだからね」

「じゃあ、優子姉ちゃんは……いや、いい」

それ以上、この話題を追求することは、今はお互い好まなかった。

「……そうだ。ゆうじ、お風呂入りなさい。身体、冷えちゃってるでしょ」

「いいよ、今日は。別に一日ぐらい入らなくても」

「駄〜目！　今日は……わたしと一緒に寝るんだから」

優子の過激な発言に、驚いて言葉の出ないゆうじ。

「お父さん、ゆうじの部屋にカギかけちゃったの。だから、とりあえず今日はわたしの部屋で……」

（なんだ、寝るってのは、そーいう意味か）と、自分の早とちりを恥じるゆうじだったが、同じベッドで寝るという事実には、やはり緊張してしまう。

優子の過激な発言は、ゆうじが風呂に浸かっている時にもあった。

「ゆうじ！　お姉ちゃんが背中、流してあげようか」

バスルームの扉を通して聞こえた優子の声に、「え、遠慮します」と断ったものの、ゆうじの股間《こかん》の男は、お湯の中でムクムクと自己主張を始めてしまう。

「背中を流そうか」と言った優子の言葉は、半ば本気だった。断られても強引に入っていっちゃおうかなと思っていたくらいだ。

それを実行できなかった理由はただ一つ。裸のゆうじの背中を自分が流している、まるで新婚夫婦のようなその光景を想像し、自分の身体が女として反応してしまっているのを、ゆうじに知られたくなかったからだった。

ゆうじが風呂から出てくると、パジャマ姿の優子が待っていた。

「……寝よっか」

「……うん」

短い言葉の交換ののち、二人は同じベッドの中に。

あえて優子に背を向けて寝るゆうじたったが、今さっき目にした、パジャマの襟元から覗《のぞ》いていた優子のノーブラによる胸の隆起が、頭の中を支配していた。

「……ゆうじ、まだ起きてる？」

「うん」

「ゆうじ……わたし、ゆうじに優しくなかったかな？」

かすみに言われた言葉が深く胸に残っていた優子は、そう尋ねてしまう。無論、そんなこととは知らないゆうじは、軽い気持ちで答える。

「優子姉ちゃんはずっと優しかったよ。まるで本当の姉さん……というよりも母さんみた

いにかな。……どうして、そんなこと聞くの？」

「別に大したことじゃないの。もう寝ようか。おやすみなさい、ゆうじ」

「おやすみ、優子姉ちゃん」

『姉』や『母』という言葉は望んでいなかった、優子であった。

自分の言葉は建前に過ぎないと思う、ゆうじであった。

やがて、二人は眠りに落ちていった。互いに異性の身体の違いと匂《にお》いを意識しながら。

……ゆうじは、優子の柔らかい胸に触れたような気がした。

……優子は、ゆうじに硬くなった胸の先を吸われたような気がした。

それは、果たして夢だったのだろうか。

☆　☆　☆

翌朝早く、ゆうじは朝食も摂らずに家を出た。

正直言うと、父親からこそこそ逃げ出すようでそうはしたくなかった。

しかし、今のゆうじは怖かった。光彦の暴言に触発され、暴発してしまいそうになる自分が。昨夜もベッドの中で幾度も優子に襲いかかってしまおうかと思ってしまった、自分の中に棲む獣が。

優子には、「しばらく三四郎の所にいる」と、置手紙を残してきた。

勝手に押しかけたにも関わらず、三四郎は何も理由は聞かなかった。

「まあ、たまには男との二人暮しもいいか」

三四郎という友人の有り難味を改めて感じるゆうじだった。だから、頬に引っ掻《か》き傷のある三四郎に対して、「昨日の彼女とはどうなった？」とはあえて聞かなかった。

そして、月、火、水、木……と、三四郎との同居が続き、今日は金曜日。

ゆうじには、気になることがあった。

（親父、言ってたよな。自分が日本にいる一週間で、優子姉ちゃんと浦沢さんの婚約を決めるとか何とか……）

家には戻れないゆうじにとって、現状を知る手段はたった一つ。

大学からの帰りに、ゆうじはかすみの住むアパートに寄った。

ドアを開けると、そこにはかすみの笑顔があった。

「よっ、ゆうじ！　道、一発でわかったか？」

「うん。わりとフツーなんだね。かすみ姉ちゃんが選んだ部屋だから、もっとこう、コンクリート剥《む》き出しみたいなのを想像してた」

「何をーっ！　アタシはハードボイルド小説の主人公じゃないってーの！」

ゆうじにヘッドロックをかますかすみの姿は、やはりどこか嬉しそうだ。

ひとしきり、じゃれ合いを続けたあと、かすみがズバリと言った。

「明日の土曜日、お昼にオヤジが家にあのインテリを呼んでるぞ」

「えっ……？」

「アタシにも顔を出すように言ってきてる……それがどういうことかわかるよな、ゆうじ」

勿論、ゆうじには、光彦が婚約をまとめようとしているはわかった。わからないのは、かすみがなぜ自分がそれを知りたがってるのが、わかったかだった。

（かすみ姉ちゃんは、俺が優子姉ちゃんを好きだってことを知ってるのだろうか……この前までずっと一緒に暮らしていたんだから、それくらいはわかるか。いや、でも……）

ゆうじは知らない。優子を見つめてきたゆうじ。そのゆうじを同じ眼差しで、かすみが見つめてきたことには。

「……かすみ姉ちゃんはさ、優子姉ちゃん、結婚したほうがいいと思う？」

「さあな。どっちみち決めるのは優子だからな。アタシが、口を挟む問題じゃないだろ。でもな……」

「でも……？」

「口を挟まなきゃいけない奴はいるぞ」

「それは、ゆうじ、お前だ」とは言えない、かすみ。ゆうじに恋するかすみとしては、それがギリギリの線だった。

「……アタシの母さんもな、再婚する時は悩んだらしいんだ。もしあのオヤジ殿の性格をその時のアタシが知っていたら、猛反対してただろうけど」

「そうだね……俺が同じ立場でもそうしてたよ」

「もっとも、その再婚のおかげで、ゆうじとこうして出会えたわけだけどな」

ふわっと包み込むように、かすみがゆうじを抱きしめた。

ゆうじには、それが「頑張れ」と、かすみが励ましてくれているように感じた。

かすみの心中は複雑だった。ゆうじが感じていたような気持ちがなかったわけではない。

でも、「このまま離したくない」とも思っていたのだから。

☆　☆　☆

(俺はどうしたら……いや、どうしたいんだ、俺は)

かすみのアパートを出て、ゆうじは自分に繰り返し問いかける。

今、どこへ向かえばいいかもわからないゆうじは、気が付くと駅前の雑踏の中に。

「……八神？　お前、八神ゆうじだろ？」

器用に人ごみの中をすり抜けながらそう声をかけてきたのは、ゆうじには見覚えのない、茶パツに濃い色のグラサンをかけた、柄の悪そうな男だ。

思わず警戒するゆうじに向けて、男がグラサンを外す。

「オレだよ、オレ、キョウジだよ。忘れちまったか？　ほら、中学の時の……」

忘れるはずがなかった。ゆうじを中学時代にイジメにかけていたグループのリーダー的存在、それが彼、キョウジだったのだから。

「今、ちょっと時間あるか？」と言ってくるキョウジの誘いに、ゆうじは迷いながらも応じることにした。

（ここで逃げてしまったら、昔と変わらない……そう、かすみ姉ちゃんだったら絶対逃げないはずだ！）

それでも、万が一のことを考え、場所は喫茶『かんぱねるら』にした。

いつものカウンターではない、窓際の席で、ゆうじはキョウジと向かい合う。

（もしや、金の無心でも……）と考えていたゆうじにとって、キョウジは意外な言葉で話を切り出してきた。

「……あの時さ、お前のアネキに殴られて、よかったたって思ってんだ」

咥《くわ》えた煙草《たばこ》に火をつけ、キョウジは話を続ける。

「そりゃあよ、あん時はムカついて、仕返しとかも考えたけど……もしも、お前が死んでたりしたらさ、今頃スゲー後悔してるはずだな、きっと。ホント、悪かったな、八神には」

キョウジが吐き出した煙草の煙が、二人の間を漂う。煙はすぐに空気に溶けて見えなくなった。まるで、二人の間にあった、しこりやわだかまりがそうであったかのように。

「……オレの女にガキができちゃってなぁ。もう三ヵ月だとよ」

唐突なキョウジの言葉に、とりあえずゆうじは「おめでとう」と言ってみた。

「めでたくねえって。やっぱよ、ゴムだけじゃダメだな、ありゃ。それから、八神も注意しろよ、女の安全日だって言葉は信用できねぇぞ」

言葉とは裏腹に、どこか嬉しそうな表情のキョウジだった。

「……じゃあな、オレよ、今、『星見軒』ってラーメン屋で働いてんだ。そのうち食べに来いよな、八神」

そう言い残して、キョウジは去っていった。

自分のコーヒー代だと、テーブルに置いていった千円札。それに付着した油の染みが、今のキョウジの地に足をついた生活を表しているように、ゆうじには思えた。

ゆうじがいつものカウンターに席を移していくと、なぜか美礼がフライパンを手に構えていた。ゆうじが理由を聞いてみると、

「ゆうじクンの知り合いにしては、あの人、ちょっと違ってたでしょ。だから、何かあったら、これでゆうじクンを守ってあげようと思って……」

苦笑しながら、ゆうじは簡単にキョウジと自分の経緯を美礼に話した。

「フーン……やっぱり、一発ぐらい殴っとけばよかったかな」

「過激だな、美礼さんは。それは、俺だって昔のことを全て許せるってほど、寛容にはなれないよ……でもさ、人は変われるんだなって、そんな風に思うんだ」

「ゆうじクンも、何か変わりたいって思ってるの？」

眼鏡の奥の美礼の目も、優しく問いかけてきていた。

「そう……なのかな」

「本当に変わりたいって思うんだったら、後悔しないように前に突き進むこと！」

美礼はキッパリとそう言い切った。

「……と言っても、後悔が全くゼロってわけにはいかないのよねぇ、人間ってものは。私もね、旦那さんが死ぬ前に、もっといろいろと、あーんなことやこーんなこと、したかったなぁ」

「なんですか、あーんなことやこーんなことって……？」

「フフッ、知りたい？　ゆうじクンに代わりにやってもらってもいいかなぁ」

雰囲気が怪しいピンク色に染まって行くのを感じ、ゆうじは『かんぱねるら』から逃げ出していった。美礼が何やら妄想を膨らましている隙を見て。

☆　☆　☆

再び駅前に出てきてみたものの、ゆうじの足はそこでピタリと止まってしまった。

三四郎の部屋か、それとも自分の家か、二つの選択肢があった。

「……まだ迷ってるんだね、ゆうじくんは」

突然、どこからか声が聞こえてきた。

その瞬間、周りの風景が一変した。駅前であることは変わらないが、今まで周囲を歩いていた人々の姿が消えていたのだった。ゆうじと、先ほどの声の主である風華を除いては。

「風華さん……だよね？　これっていったい……？」

ゆうじの質問には答えず、風華はいつもとは違う、切羽詰まったような調子で語り始めた。

「あたしね、凄《すご》く好きな人がいたの。ずっと告白しよう、告白しようって思ってたんだけど、勇気が出せなくって。そのうち……死んじゃった」

「えっ……？　死んじゃったって……風華さん、今ここに……」

「こういうのって、幽霊って言うのかな。あたしにもよくわからないんだ。……ただ、死ぬ瞬間、告白できなかったことが凄く悔しかったの。だから、こうなっちゃったのかな」

風華の身体がまるで陽炎《かげろう》のように揺らめくのが、ゆうじには見えた。

「でも……好きだった人には彼女がいたの。それを知ってもあたしはこのままだった。どうしてなのかなって思ってた時、あたしはゆうじくんを見つけた」

フッと、周りの風景が学園祭のそれに変わった。

「あたしね、一目見ただけでわかっちゃった。この人も、好きな人に好きだって言えないで悩んでるって。それから、ずーっとゆうじくんのこと、見てた。もしも、ゆうじくんが告白できたら、あたしもこんな身体じゃなくなるかなぁって思って。でも……」

「風華さん……」

「でも、少しずつ勇気を持とうとしているゆうじくんを見ていたら、あたし……。おかしいよね、こんな幽霊なのに、あたし、ゆうじくんのことが……」

風華の言葉は涙を帯びていた。それを振り払うため、風華は無理に笑顔を作る。

「頑張ってね、ゆうじくん。ちゃんと『好きだ』ってはっきり言うのよ。それが、年上のあたしからの最後のアドバイスなんだからね！」

「最後？　最後って……？」

「さよなら、ゆうじくん……」

風華の身体が、周りの風景にゆっくりと溶けていく。

「風華さん……ダメだーっ！」

ゆうじの手が風華に伸びる。そして……つかまえた。今までいつも逃げられていた風華だったが、今度こそ、ゆうじはそれを許さなかった。

「ゆうじ……くん？」

「俺、風華さんの言葉がもっと聞きたい。このままお別れなんて、俺、俺……」

幽霊の風華の手をゆうじは、温かいと感じていた。錯覚なのかもしれないが、今はそれが現実だった。だから、ゆうじはぐっと力を込め、風華を近くに引き寄せる。

「風華さん、聞かせてよ。風華さんの気持ちを」

「ゆうじくん……好き。大好きなの、ゆうじくんのことが……！」

ゆうじは、風華を抱きしめ、そして、唇を重ねた。

今はそうすることが正しいと、ゆうじは信じていた。

……気が付くと、周りの風景が又、変わっていた。それはゆうじの見知らぬ部屋の中だった。ベッドの上に所狭しと置かれているヌイグルミを見ると、女の子の部屋だろうか。

「えっ……ここは？」

「あの……あたしの部屋なの。その……好きな人と結ばれる時は、やっぱり自分の部屋がいいって決めてたから」

「結ばれるって……うわっ！　俺たち、いつの間に裸に……！」

「そんなこと、どうでもいいの！　ね、触って」

いつもの明るさを取り戻した風華は、ゆうじの腕をつかんで自分の胸に導いていく。

少しひんやりとした感覚を、ゆうじは手のひらに受ける。それも揉《も》んでいくうちに熱を帯びていき、しっとりと手に馴染《なじ》んでいった。

「あん！　あっ、ああっ……気持ちいい……乳首も触ってくれる？」

既に、風華の乳首は赤くそそり立って、今や遅しと愛撫《あいぶ》を待っていた。ゆうじの指が、乳首を前に後ろに倒すたびに、風華は甘い声を上げる。

「あは、やっ、やあっ！　そんなにいじめないでぇ、乳首、弱いのぉ！」

そう聞いては、ゆうじもたまらない。唾液《だえき》で溶かすかのように、もう片方の乳首もピチャピチャと舐《な》めたてた。

「や〜〜〜！　イッちゃう〜〜〜！　ようし、あたしだって……」

乳首をいたぶられながらも、風華がゆうじのモノに手を伸ばす。

「……ヤダ……おっきい……それに、こんなに硬いんだ」

あからさまな風華の言葉に刺激され、ゆうじのモノが又、一回り大きくなった。

「わっ！　まだ大きくなるんだ……全部、口に入るかなぁ」

風華の舌が先端をちろちろとさすり、唇が根元まで降りていく。

「んはぁっ！　うん、やればできるもんね。じゃあ、ちゃんとしゃぶってあげるね」

一端、唇を離した風華が、今度は本腰を入れ、フェラチオを開始する。

「うっ！　ああ……ちょっと、そこは、風華さん……」

先端の割れ目に細い舌先による攻撃を受け、ゆうじは情けない声を洩らした。

「ここ、弱いんでしょ？　あの喫茶店の女の人も、ここを重点的に攻めてたもんね」

「ちょ、ちょっと、風華さん、それってまさか……」

どうやら、風華はゆうじと美礼の情事の様子も覗いていたようだ。

「二人を見ながら、あたしもいつかこうしたいって思ってたんだ。まだ出しちゃダメだからね。今もっと大きくしてあげるから……はむっ！　んぐっ、んぐっ……」

そう言われても、ゆうじにも限界があった。それを防ぐには、ゆうじも攻めるしかない。

風華の腰を引き寄せ、いきなり指を秘部へと挿入した。

「ひゃうっ！　ヤダ、ずるい……はぁっ、やっ、そんなに強く動かさないでぇ！」

　シックスナインの体勢で、二人の攻防は続いた。

だが、ゆうじに一日の長があったというか、初体験である風華のほうが先に音を上げた。

「やっ、やあっ、イク、イク、イッちゃうよぉ！　いやぁ、まだイキたくない。ゆうじくんので、ゆうじくんのでイキたい……はぁぁぁっ！」

　何かと年上ぶる風華を見ていると、ゆうじは少し虐めたくなってしまう。

「ホントに俺のが欲しいの、風華さん？」

「欲しい、欲しいのぉぉぉっ！」

「じゃあ、ちゃんとおねだりしてごらんよ」

　風華の顔に「そんなこと言えるわけが……」といった表情が浮かんだ。が、それも、ゆうじの指が激しく秘部に出し入れされることで、終わりを告げた。

「ゆうじくんのおっきいのを……風華のビチャビチャに

なったアソコにください……お願い、ゆうじくんのが欲しいのぉぉぉっ！」

それを聞いて、今度はゆうじのほうが我慢できなくなった。ぬるぬると捉えどころがなく、ぷにぷにと柔らかい風華の秘部に、ゆうじは自分のモノを突き入れた。

途中で壁のようなものに止まり、それを突き抜けたような感覚に、ゆうじは戸惑った。

「風華さん、もしかして、初めてなの？」

風華が照れたような表情になり、コクリと頷《うなず》いた。

「ごめん。俺、知らずに強引に……痛くなかった？」

「ううん、大丈夫。幽霊だからかな、痛くないよ。そのぉ……気持ちいいだけ」

風華の言葉に力を得て、ゆうじは腰をピストンさせていく。

「はぁ……はぁ……凄くいいよ……もっと……もっと強くしても、あぁんっ！」

ゆうじのピストンに合わせて、二人の結合部からポタポタと滴が滴り落ちる。潤いを増していくのは、風華の声も同様だった。

「はあああっ！　ああっ、いいっ、ゆうじくんのがなかで暴れてるぅぅっ！　ああっ、そこっ！　そこ、もっと、こすってぇ！　ゆうじくんのサイコー！　もうダメェェエッ！」

二人とも、このあとに訪れるであろう別れを予感していたのだろう。

風華は、誰構うことなく貪欲にゆうじのモノを求める。ゆうじも風華の腰を抱え上げ、淫《みだ》らな音を響かせて、容赦なかった。

「ああん！　ダメ、ゴメン、イッちゃう、ゆうじくん、ゆうじくん……イクゥウウウ！」

ゆうじも、風華の絶頂に少し遅れて、白濁した液を放出させた。

それとほぼ同時に、耳元でどこか遠くから囁《ささや》きかけるような声が聞こえた。

「ありがとう、ゆうじくん……」

続いて、目の前が真っ白になったと思うと、ゆうじは腕の中にあった風華の重みと温かさが消えていることに気付いた。

「風華……さん……えっ、ここは……？」

ゆうじは、小高い丘の上にある、どこかの墓地に来ていた。

「お墓？　ということは、もしかしたら……」

ゆうじは、お墓を一つ一つ見て回る。

そして、見つけた。『七瀬風華　享年十九歳』とある、お墓を。

「そうか。亡くなったのは去年だから……なのに、風華さんったら年上ぶったりして……こんな俺に『頑張れ』なんて励ましたりして……うぅぅ……」

ゆうじは泣いた。

宝箱の前で泣く時のように、自分のために涙を流すのではない。

そう、今は自分以外の誰かのために、風華のために涙を流した……。

☆　☆　☆

「……ゆうじが出ていってから、今日でもう五日目か。こんなに離れてるのって、ゆうじが高校の時の修学旅行以来かな」

パジャマ姿で、優子はゆうじの部屋にいた。今夜はここで寝ようと考えていたのだった。明日の土曜日には自分の将来が決まってしまうかもしれないと思うと、せめて今夜は愛しい人の匂いに包まれて眠りたいと、優子は願っていた。

(ゆうじはきっと、「姉ちゃんが結婚してしまうのはちょっと寂しいな」くらいにしか思ってないんだろうな。じゃなかったら、家に帰ってきてるはずだもんね)

ゆうじがそのことで悩み苦しんでいることを知らない優子は、明日、浦沢との婚約を承諾する方向へと気持ちが傾いていた。

「あ……これって、ゆうじの宝箱」

つい手にとってみると、宝箱にはカギがかけ忘れられていたようで、呆気《あっけ》なく蓋《ふた》は開いた。中身を見てしまっていいものかと迷う優子だったが、好奇心が勝った。

宝箱には、写真が数枚、入っていた。いや、所々焼け焦げて欠損しているので、写真の欠片と言ったほうが適切かもしれない。共通しているのは、そのどれもに幼稚園児らしいゆうじが映っていることだ。

「可愛い〜〜！　やっぱり、ゆうじって、この頃から可愛かったんだなぁ」

これも一種のノロケというか、ついデレデレとしてしまう優子だったが、写真にあるもう一つの共通性に気付いた。

(ゆうじと一緒に映っている人って……顔は全部、焼け焦げて残ってないけど、この人って、もしかしたら、ゆうじのお母さん……?)

優子の考えは当たっていた。あとは、なぜ思い出の写真がこのように焼け焦げた無惨な状態になっているかだ。

(……そうよ。お父さんの激しい性格だったら、離婚したあと写真なんて全部燃やしちゃうかも。それをゆうじがあとから見つけて……)

手の中で、カサリと写真の焦げた部分が崩れた。

優子は気付いた。自分がつい手に力を入れていたことに。そして、それはゆうじをギュッと抱きしめたいと思っていたからだということにも。

だから、写真を宝箱に戻したあと、優子はゆうじの匂いが仄《ほの》かに残る布団をギュッと抱きしめた。

もう、弟を男として愛することが、世間的にはタブーであっても構わなかった。

たとえ、ゆうじが自分のことを姉として、母親代わりとしてしか思っていなくても構わなかった。

「わたしは、ゆうじが好き……世界で一番、好き」

ゆうじの匂いがする布団に顔をすり寄せて何度もそう呟くと、優子は勇気が湧いてきた。

明日、父、光彦と浦沢の前で、自分の意志をはっきり口にする勇気が。

☆　☆　☆

そして、土曜日の朝がやってきた。

ゆうじは、三四郎の部屋のソファーで目を覚ました。風華との永遠の別れのあと、結局、ここに泊まりに来ていたゆうじだったが、それも今日までのことだ。

「……起きたか、ゆうじ。朝飯はパンと目玉焼きだけど、いいよな」

三四郎はもう起きていて、キッチンでフライパンを手にしている。

「三四郎、あのさ、俺……」

「世話になったな」と礼を言おうとするゆうじに、三四郎から話を振ってくる。

「優子さんの結婚話、進んでるんだってな。それも相手は浦沢先生と」

「えっ……うん」

「この前、かすみさんに聞いたんだ。それがさ、相変わらず俺の名前をかすみさん、覚えてなくてさ。『裏表なし太郎』とか呼ぶんだぜ。まあ、悪気はないんだろうけどさ」

「すまないな。かすみ姉ちゃん、あーいう人だから」

「それはそれとして……ゆうじは俺のアネキが結婚してるのは知ってるだろ？」

背中を向けていたから顔はわからなかったが、三四郎の口調にしみじみとしたものが加わったのが、ゆうじに伝わった。

「今や義理のアニキになった人って、医者の息子でさ。最初、ウチに来た時なんか、ベンツで乗りつけてくるわ、着ているスーツはアルマーニだわで」

「気に食わなかったわけだ、三四郎としては」

「というより、ムカついた。初対面からもう俺のことを『三四郎くん』とか呼ぶんだぜ。じゃあ、俺も『義兄《にい》さん』とか呼ぶのか？　マジかよ！　って感じだった」

「それで……三四郎は反対したのか？」

今のゆうじの心境なら、この質問は当然だろう。

「いや。それでアネキが一生売れ残りでもして、恨まれるのはごめんだからな。それに、アネキが嫁に行くことには別に何とも感じていない……そう思っていたからな」

「……そっか」

「でもな……結婚式当日、アネキがウェディングドレスを着て男と歩いているのを見てたら、急に実感が湧いてきて……泣くまではいかなかったけど、鼻の奥がツーンとなってきやがってよぉ……あっ、いけねぇ。目玉焼き焦げちまった。これ、ゆうじのな」

冗談めかしていたが、三四郎はゆうじのためにこんな話をしたのだろう。

最後に、三四郎がこう付け加えたことからも、それは明らかだ。

「俺の場合は寂しかっただけなんだろうけど……ゆうじはそういうのとは違うんだろ？」

三四郎の言葉は、ゆうじの決断に最後の一押しを与えた。

「……三四郎、今、何時だ？」

「えーと……あっ、もう十二時かよ。これじゃあ、朝飯というより、昼飯……」

「世話になったな、三四郎。……それから、ありがとう、な」

ゆうじはそう告げると、三四郎の部屋を飛び出していった。

行き先はたった一つ、愛する者が自分を待っている場所だ。

☆　☆　☆

（チッ、ゆうじの奴、どうしちまったんだよ！）

壁の時計が十二時になるのを見て、かすみが舌打ちする。

八神家のリビングルームでは、光彦、優子、そして、浦沢が揃《そろ》い、婚約決定に向けて、もう事態は動いていた。

ゆうじに恋するかすみとしたら、最大のライバルである優子の婚約はラッキーだったのだが、この場に姿を見せないゆうじは許せない、というのが本音だった。

「えー、今日、集まってもらったのは言うまでもない。ここにいる慎太郎くんの父君から是非、優子を嫁にもらいたいと正式な要請があってな」

光彦の仰々しい一言から、婚約までのカウントダウンが始まった。

「……では、優子に聞こうか。慎太郎くんとの縁談を進めても構わんな」

手を膝《ひざ》の上に置いて俯《うつむ》いていた優子の顔が、ゆっくりと上がっていく。

上機嫌で、優子の「はい」という返事を待つ、光彦。

余裕の笑顔で優子を見つめる、浦沢。

きょろきょろと「何か引き伸ばす手はないか」と辺りを見回している、かすみ。

フーッと短くため息をついて、優子が口を開いた。

「ごめんなさい……わたし、浦沢さんとは結婚できません」

「そうか、そうか、よく決心した。結婚できない、か。えっ？　な、なにいいいいいっ！」

優子の予想外の返事に、光彦は一瞬勘違いをし、そして、取り乱した。

隣りでは、笑顔を浮かべたまま、浦沢が凍りついている。

「優子、でかした！　それでこそ、アタシの妹だ！」

一人、はしゃぐかすみの声で、我に帰った光彦が怒鳴り出す。

「何が不満なんだ、優子！　慎太郎くんはお前には過ぎた相手なんだぞ！」

「違うの、お父さん。浦沢さんがどうこうじゃないの！」

「それじゃあ、何だというんだ！　お前、まさか他に好きな男でも……」

今、まさに優子の勇気が試されようとしていた。

「ええ、いるわ。わたしは……」

その時だった。

「優子姉ちゃん！」

ゆうじがリビングに飛び込んできた。

「ゆうじ……」

「ゆうじ！」

二人の姉の声が重なった。優子のそれは、光彦の問いに対する答えでもあったのだが。

「優子姉ちゃん……俺、姉ちゃんに言っておかなければならないことが……」

見つめ合う優子とゆうじの間に、父、光彦が立ちはだかった。

「ゆうじ！　誰がこの家に入っていいと言った！　今は大事な話の途中だ。お前は早く出ていかんかーっ！」

当然、言葉だけではなく、光彦の拳が飛んだ……が、ゆうじはそれをひょいと軽くかわした。かすみの踵落としに比べたら、このくらいは楽勝だったのである。

代わりに、光彦がバランスを崩してブザマに転んだ。因果応報というものであろう。

かすみが光彦を介抱しながら、「あとはアタシに任せろ」と、ゆうじにウインクした。

ゆうじもそれに応《こた》えて、優子の手を握る。

「優子姉ちゃん、来てくれ！」

「ゆうじ、わたし、まだ……」

「いいからっ！」

ゆうじが優子の手を引っ張り、二人はリビングを飛び出していった。

「なぜ……なんだ……どうしてなんだ……この僕のどこが……」

完全に忘れられた存在である浦沢の呟きが、静かになったリビングに虚《むな》しく響いた。

☆　☆　☆

ゆうじは、河原に優子を連れてきていた。

「えーっ、優子姉ちゃん、何でそんなことを……？」

優子から婚約を断ったという話を聞いて、ゆうじは驚く。

「何でって……じゃあ、ゆうじはどうして今日、ウチに帰ってきたの？」

「そ、それは……」

いよいよ告白を前にして、ゆうじの緊張のボルテージは最高潮になる。

手足は痺《しび》れ、感覚がなくなる。無性に喉《のど》も渇き、それを癒《いや》そうと飲み込んだ唾液の音がやけに耳に大きく聞こえる。

(風華さん……俺、今、言うよ。風華さんの想いに応えるためにも……)

ゆうじは大きく息を吸い込んだ。そして……。

「俺……優子姉ちゃんが好きだ！」

「あ……」

二人の間の時間が凍りつき、やがて、ゆっくりと溶けていく。

「姉弟だとかじゃなくて、俺、一人の女の人として、姉ちゃんのことを……」

ゆうじの余計な説明を途中で止めたのは、優子の唇だった。

唇を合わせるだけの、幼いキス。

「んん……ゆうじ……わたしもゆうじのことが好き……この世界で『抱かれたい』って思う男の人は、ゆうじだけ……」

二人は再び唇を合わせる。それは前のキスに比べて、より互いを求め合うもの、激しいものに変わっていた……。

☆　☆　☆

……優子はシャワーの水滴に身を任せていた。

(こんな明るいうちから……それもわたしからホテルに誘っちゃうなんて。ゆうじ、わたしのこと、エッチな女だと思ったりしてないかな)

そう思いつつ、いつもより念入りに身体を洗う優子だった。

シャワーを終えたあとも、優子の悩みは続く。

(どんな格好でゆうじの前に出ていけばいいのかしら。裸ってわけにもいかないし、やっぱりバスタオルを巻いて……あ、でも、ショーツは着けていたほうが……)

先にシャワーを浴び、ベッドで待っているゆうじにも同様に悩みはあった。

(頼む、鎮まってくれ！　なんにもしないうちからこんな風に勃《た》ってたりしたら、優子姉ちゃんに軽蔑《けいべつ》されちゃう)

ゆうじは必死に鎮めようとしていたが、微《かす》かに聞こえるシャワーの音が想像させる優子の裸身、そして、これから起こることを考えると、ますますゆうじのモノは元気になってしまう。バスタオル姿の優子の登場で、それは頂点に達した。

「お待たせ、ゆうじ……あっ……」

優子も、ゆうじのトランクスに張られたテント型の形状に気付いた。それが自分を見て興奮してくれているのだと思うと、無性に嬉しかった。だから、少し恥ずかしかったが、優子は自らバスタオルを取って、乳房を露わにしてみせる。

「姉ちゃん……綺麗だ」

視覚による感動を触覚にも伝えるべく、ゆうじは優子を抱き上げ、ベッドに運んだ。

そして、優子の乳房に恐る恐る触れた。

(まるで夢みたいだ。俺が優子姉ちゃんとこうなるなんて……)

これが現実だと確かめる術《すべ》、頬をつねる代わりに、ゆうじの手は優子の乳房を何度も何度も撫《な》で回した。適度な弾力と柔らかさに、行為は次第に揉みしだく方向へと変わる。

「やん、あっ、やはあん、駄目だったら、ゆうじ。変に、変になっちゃう」

初めて耳にする優子の甘い喘《あえ》ぎ声に、ゆうじの興奮が高まる。

「優子姉ちゃん、オッパイのサイズ、いくつあるの?」

「えっ……言うのやだ。恥ずかしいもん」

「そんなこと言わずにさ……」

ゆうじの舌が答えを要求するように、ペロリと乳首を舐めた。早くも膨らみ始めた突起に、ただでさえ羞恥《しゅうち》を感じていた優子にとって、その愛撫は未知の快楽を引き起こす。

「あっ、あはんっ、やあっ……ゆうじ、ずるい……それ、駄目、乳首は駄目なのぉ」

「素直にサイズを言ったら、やめてあげる」

「……88の……Fカップ」

勿論、ゆうじはやめなかった。88のFカップ、その数値を確かめるように、執拗《しつよう》な胸への愛撫が始まった。特に乳首には重点を置き、口の中でレロレロと弄《もてあそ》んでいく。

「ゆうじの嘘《うそ》つきぃ、馬鹿ぁ、やあっ、やあ～ん、舌動かしちゃ……ああっ！」

そして、ゆうじが乳房を口に吸い込んで、ぷるぷると乳肉を弾ませた時だった。

「オッパイが伸びちゃうっ！　やあっ、乳首、噛《か》んだり

したらぁ……あぁん、イッ、イッちゃう、お姉ちゃん、ゆうじにイカされちゃうぅぅぅ……やあぁぁぁぁあっ！」

優子の身体を絶頂の痙攣《けいれん》が襲った。歓喜の涙を流し、少し涎《よだれ》まで口の端に垂らしている、優子の絶頂に達したあとの顔に、ゆうじは感動を覚えた。

「……優子姉ちゃんのイッた顔、可愛かったよ」

「ゆうじの馬鹿……凄く恥ずかしかったんだからぁ。やめてって言ったのに……」

「それより、こっちはどうなってるのかな？」

優子が虚脱感に苛《さいな》まれている隙を見て、ゆうじは彼女の下半身に潜り込んだ。

ぷぅんと甘い薫りを放つ、優子の女の部分。ショーツには放射線状に愛液の染みが広がっていた。生地を通して、クリトリスも尖《とが》り、女陰が少し口を開けているのがわかる。

「姉ちゃんのココもイッたみたいだね。まだヒクヒクしてるよ」

「……わたしのせいじゃないもん。ゆうじが、その……上手だから……」

「じゃあ、いつも自分でしてる時は、こんなにすぐにはイカないの？」

「自分でする時にはもっと……って、馬鹿馬鹿、何、言わせるのよ……あっ、駄目！」

会話をしながら、ゆうじは優子のショーツを下ろしていた。きらきらと透明な滴に彩られた、ピンク色の花芯《かしん》が覗いている。

「これが、優子姉ちゃんの……」

ゆうじの視線は優子には愛撫と同様らしく、新しい愛液がトロリと零れる。

「ゆうじのも……見せて」

今度は優子がゆうじのトランクスを下ろした。ヘソにくっつくほどに張り詰めた男性器は、男にしては華奢《きゃしゃ》なゆうじの身体とは対称的で、優子は思わず見惚《みほ》れてしまった。

「姉ちゃん、このままだと、俺……入れてもいい？」

「うん……ゆうじにお姉ちゃんの処女、あげるね」

ゆうじは馴れぬ手つきでコンドームを装着し、優子の両足を開いていく。そして……。

「うっ……」と優子が低い声を洩らしたのが、二人が結ばれた瞬間だった。

ベッドのシーツに付いた破瓜《はか》の血の鮮やかさに、ゆうじの腰が止まる。

「大丈夫？　少しこのままでいるね。俺も出ちゃいそうだから」

「ゆうじ、優しいね……ゆうじのって大きいのかな。わたしのなかが全部、ゆうじのあったかいので埋まってるよ」

「姉ちゃんのなかも、あったかいよ。ギュウッと抱きしめられてるみたいで」

優子がゆうじの首に手を回し、キスをする。

「ゆうじ……だぁい好き！」

「俺もさ。優子姉ちゃんが大好きだ」

恋人たちの静かな時間は過ぎ、やがて……。

「あっ、あっ、あっ、あん、あん、あん、ゆうじのがう、動いてるよ……あっ、ああっ、やだ、わたし、又、気持ちよくなってきてるぅ、ああん！」

「……姉ちゃん、エッチだなぁ。初めてなのに、そんなに」

「そうなの。お姉ちゃん、エッチなの。ゆうじの前だけはエッチになっちゃうのぉ」

ゆうじがラストスパートをかける。その激しさに、優子の乳房がぷるんぷるんと跳ね回り、せわしなく乳首も弧を描く。

「や、やあ、又、イッちゃう。ゆうじと一緒にイキたいのにぃ……あっ、ああん！　駄目、もう駄目ぇぇぇっ！　ゆうじ、ゆうじ、ゆうじぃぃぃ、ああああああっ！」

「姉ちゃん、姉ちゃん、姉ちゃん、優子姉ちゃぁぁぁん！」

快楽の同じ渦のなかに、二人は身を沈めていった……。

……まどろみの中、ゆうじと優子は肌を寄せ合い、互いの鼓動を感じていた。

「……『めくるめく悦《よろこ》び』って本当だったんだ。わたし、初めてなのに、あんなに……」

優子は、かすみと見た雑誌『ｎａｎｎａ』の占いを思い出していた。

「優子姉ちゃん、何なの、それって？」

「フフッ、わたしとゆうじの相性が抜群だってこと！　占いって結構当たるのよ」

当然、何のことかわからず呆然としているゆうじを見て、優子はクスクス笑う。

しかし、優子は忘れていた。

その占いでは、かすみとゆうじの相性もよかったということを。

第四章　冬

十一月。雪の季節がやって来る。長い長い、雪の季節が。

ゆうじと優子が結ばれた、あの日の顛末《てんまつ》がどうなったかというと……。

二人が夜、家に帰ってくると、父、光彦はヤケ酒を食らっていた。

さすがに二人の新しい関係を話すことはできなかったが、優子も、そしてゆうじも素直に光彦に頭を下げた。特にゆうじはいくら父親に罵詈雑言《ばりぞうごん》を浴びせられてもひたすら根気強く謝り続けた。

「優子、馬鹿だぞ、お前は。こんないい話、二度とないんだ。もう一度、考え直せ」

と、しつこく愚痴る光彦に向かって、優子は言った。

「いいの。わたし、あの母さんの子だもん。五年間もお父さんとの結婚を待ち続けた、あの母さんの子だもん」

その一言を聞くと、光彦にはもう何も言えなかった。

優子は、浦沢にも謝罪の電話をした。

「いっそのこと、キミの兄として、僕も一緒に暮らしていたら……」

そう、最後に言った浦沢の言葉が、優子には印象的だった。

そして、ゆうじはかすみがアパートに帰ったことを知って不思議に思っていた。

(かすみ姉ちゃん、どうして帰っちゃったのかな……)

ゆうじと優子の仲睦《なかむつ》まじい姿を見るのが辛《つら》い……そういったかすみの気持ちを、ゆうじが知るのはそう遠いことではなかった。

☆　☆　☆

（う～～む。駄目よねぇ、このままじゃあ……）

優子は悩んでいた。その原因は父、光彦が赴任先の外国に戻ったあと再び始まった、ゆうじとの二人きりの生活にあった。

問題は、端的に言うとセックスのことだった。

ある朝も、優子がキッチンで食事の準備をしている時……。

「……姉ちゃん♪」

「なあに、ゆうじ？　やんっ、ちょっと……」

ゆうじが背後から近付いてきて、胸に触ってきた。

「姉ちゃんの後ろ姿って、色っぽいんだよな」

「駄目だってば。料理が焦げちゃう……ああん！」

優子の感じる部分を的確に突いてくるゆうじの愛撫《あいぶ》に、拒否しなければと思う心は彼方へと遠ざけられ……結局、朝から励んでしまう二人だった。

（う～～む。毎日毎日、これじゃあやっぱりまずいわよねぇ。断り切れないわたしもいけないんだけど）

こんなことで、もしゆうじの学業が疎《おろそ》かになってしまったらと考えると、優子の決断は早かった。

「うん、決めた！　ゆうじとのエッチは禁止！　期間は……とりあえず一週間かな」

後半の腰砕けの部分に、優子の本音がチラリと垣間見えた。

早速、そうと決めた日の夜、優子はゆうじの部屋を訪れた。

「姉ちゃん、何か用？　あっ、いい匂《にお》いするね。何かつけてるの？」

「別に特には……あ、お風呂上がりだからかな。でも、ゆうじにそう言われるとなんか嬉しい……って、違〜〜〜う！」

危うくいつものパターンに陥りそうになり、慌てて自分を取り戻した優子は、件《くだん》の決意、エッチ禁止をゆうじに言い渡した。

「……姉ちゃん、俺のこと嫌いなの？」

「そうじゃないの。わたしだって、ゆうじのことは、そのぉ……ゴニョゴニョ……」

「好き合った同士がエッチするのは自然だと思うけどなぁ」

ゆうじもゆうじなりの理論展開で、反論する。

「でもね、愛情を確かめ合うのはエッチだけじゃないでしょ。逆にいえば、エッチも我慢できないんだったら、本当の愛情がないってことよ。わかるでしょ、ゆうじ？」

「じゃあ、一週間たったら、エッチしていいの？」

「えっ？　う、うん、一応は……でも、そういう風に言われると、なんか違う気が……」

とにかく、こうして優子の申し出はゆうじに受け入れられた。

それから、三日が過ぎた。

約束通り、ゆうじはあれから優子を求めてこなかった。かといって態度が冷たくなったりすることもなく、日常生活においては前と同じようにゆうじは優子と接していた。

逆に、優子のほうがあれこれ考えてしまう。

約束から四日目の晩のことである。優子はベッドの中で（そろそろ、ゆうじ、我慢の限界だろうな）などと考えていた。

しかし、いつまでたってもゆうじは現れなかった。

（ゆうじ、来ないな……別に毎日じゃなければ少しぐらいしてもいいのに……って、わたしの馬鹿、馬鹿！　これじゃあ、わたしのほうがエッチしたがってるみたいじゃない）

あげくの果てに、疑心暗鬼に囚《とら》われる優子。

（ゆうじ、わたしとしたのが初めてじゃなかったみたいだし……まさか他に女の人が？だから、わたしとしなくても……それに、わたしはゆうじとすると凄《すご》く気持ちいいけど、ゆうじはどうなのかな。わたし、あんまりエッチのテクニックとか知らないし……）

いつのまにか、雑誌『ａｎａ－ａｎａ』の特集、『彼氏を捕らえて離さないＳＥＸとは』などに目を通している優子だった。

「はっ、わたしったら何を……。ゆうじの馬鹿、アンポンタン！　いいもん、もう自分でしちゃうから」

優子の指が、パジャマの襟元から乳首に……そしてすぐに、もう包皮を剥《む》きかけ尖《とが》り始めているクリトリスにも伸びていった。

感じてはいたものの、やはり自分の指がゆうじのだったらと思ってしまう。

「あっ、ああっ……ゆうじ、ゆうじぃ……お姉ちゃんの身体、ゆうじが欲しくてもうこんなになっちゃってるのにぃ……やっ、やあん、ゆうじぃぃぃぃ！」

やがて、優子は身体を反らせながら果てた。が、既にセックスの快楽を、愛する者と一つになる悦《よろこ》びを知ってしまった優子にとって、それは心身ともに物足りなかった。

☆　☆　☆

一方、ゆうじはどうだったのだろう。

優子の気持ちを尊重して、彼女を求めることを自らに禁じていたのだったが、ゆうじには別にもう一つ訳があった。

それは、優子と約束をした次の日のことだった。ゆうじはかすみから呼ばれて、彼女のアパートを訪れていた。

「……かすみ姉ちゃんからの呼び出しなんて、なんか怖いな。姉ちゃん、踵落《かかとお》としの練習とかだったら勘弁してよね」

いつものように冗談から入るゆうじに対して、かすみはどこか思い詰めたような表情で、一通の封筒を差し出した。

「姉ちゃん、何、これ？」

「……読めばわかる」

頭に疑問符を浮かべながらも、ゆうじは封筒から便箋《びんせん》を取り出し読み始める。

『前略。顔を合わせることなく、このような手紙という手段を使ってしまうことを、まずは許してください』という言葉から始まる筆跡に、ゆうじは見覚えはなかった。それと矛盾するようだが、どこか懐かしさに似たものを感じた。

それは錯覚ではなかった。続いて目にした『さぞや、ゆうじは私を、このような名ばかりの母を憎んでいることでしょう』という文面が、ある事実を指し示す。

「母……？　かすみ姉ちゃん、もしかして、これ、母さんからの……！」

気が動転するゆうじに、かすみが目で「続きを読め」と諭す。

再びゆうじが手紙に目を落とすと、そこにはゆうじを置いて家を出ることになった事情が、全て記されていた。

父、光彦と母は互いの両親の都合で見合い結婚させられ、その結婚生活は初めから冷え切っていて愛がなかったこと……。

離婚の直接の原因、そして、ゆうじの親権を渡す破目になったのは、光彦の暴力に耐え切れず、他の男の人との不倫に走ってしまった母にあること……。

裁判が終わってから判明したのだが、光彦はそのずっと以前から付き合っている女の人がいた。それが、かすみと優子の母であったこと……。

離婚後、母が何度もゆうじに会いに家を訪れていたが、会ってしまうと連れて帰らずにはいられず、いつも黙って去っていたこと……。

ほとんどが、ゆうじの初めて知る事実だった。

ゆうじが全て読み終わったあと、かすみが口を開いた。

「……前から手を尽くして調べていたんだけどな。先週、ようやく会うことができたんだ。その時にその手紙をゆうじにって……」

「どうして、かすみ姉ちゃんがそんなことを？」

「アタシの母さんが亡くなる前、その手紙にあるような事情を話してくれたんだ。アタシの母さん、ずっと悩んでいたみたいだ。ゆうじから母親を奪ってしまったことを。それで、まぁ、娘のアタシとしても、少しは責任を感じて、な」

かすみが話す理由に、ゆうじは何となく不自然なものを感じた。

「……ゆうじ、お母さんに会いたいか？」

「えっ……それは……」

ゆうじは迷う。昔の自分ならすぐにでも「会いたい！」と飛んでいったところだろうが、事情を知った今ではそう短絡的には考えられない。母が、自分と光彦の間で苦しい立場に立たされるであろうことはわかっていたのだから。

「ゆうじのお母さん、再婚して、子供もいて……幸せそうだったよ。ゆうじの近況を話してあげたら、凄く喜んでいたし」

「そうなんだ、母さん、幸せなんだ……だったら、会うのは、俺が親父《おやじ》の扶養家族から独立したあとでも遅くはないよね」

「そうさ。それに、もうゆうじには、その……優子もいるんだし」

そう言ってしまって、かすみの胸はズキンと痛んだ。痛みを紛らすため、言葉を続けた。

「だから……あの宝箱の中身だって、もう必要ないだろ」

「宝箱って……かすみ姉ちゃん、どうして、それを……！」

「このかすみお姉様を舐《な》めちゃいけない。悪いとは思ったんだけど、ゆうじがその……手首をアレした時にだな。その原因をつかもうと思って、あの宝箱も……」

「カギがかかっていたはずだけど」

「あんなモン、ちょちょいと針金を使えば……って、スマン、ゆうじ」

かすみの口調は少し前から急に軽い調子のものになっていた。そうでもしないと、泣き出してしまいそうな、感情が溢《あふ》れ出してしまいそうな気がしていたからだった。

「かすみ姉ちゃん、そんなに前から知ってたんだ。なのに黙っていてくれて……それに母さんのことも……ありがとう、かすみ姉ちゃん」

「ありがとう」……ゆうじの感謝の言葉が、かすみの心の扉を打ち砕いた。

かすみがゆうじから聞きたいのは、そんな言葉ではなかったのだ。

「ゆうじ……さっき、ゆうじのお母さんのことを探したのはアタシの母さんのためだって言ったこと……あれは嘘《うそ》だ」

「嘘って……どういうこと？」

「ゆうじのためだから、したんだ！　ゆうじのためなら、なんだって、アタシは……だって、だって……アタシはゆうじが誰よりも好きだから……！」

かすみの声に涙が混じる。そんな、儚《はかな》げで弱々しいかすみの顔を見るのは初めてだと、ゆうじは思った。

それは、ゆうじの脳裏に、消えていたかすみとのあの夜の記憶を復活させる。

（かすみ姉ちゃんの涙、前に見たことが……こんな哀しそうなものじゃなくて……）

ゆうじが思い出したのは、愛する者と結ばれて嬉し涙を浮かべるかすみの姿だった。

「ぐすっ……アタシは優子みたいにご飯作れないし、ちっとも女らしくないし、いつも乱暴だし、ゆうじが好きになってくれるわけが……」

「かすみ姉ちゃん、間違ってたらごめん。あのさ、学園祭のあった夜、俺、酔っ払って、姉ちゃんと、その……エッチした？」

かすみの顔がパァッと赤く染まり、「うん」と頷《うなず》いた。

「ゆうじは覚えてないみたいだったけど、アタシはあの夜のことを大切な思い出として、それでいいと思ってた。でも、やっぱり、ダメ……」

ゆうじは、自分がかすみに酷いことをしたと痛感する。

（だとしたら、今度ははっきりと自分の意志で、かすみ姉ちゃんを……）

優子の面影が、ゆうじの頭をよぎった。

それでも、ゆうじは立ち止まることなく前に進むことを選んだ。

（もし、このことで優子姉ちゃんになじられようと嫌われようと、今はかすみ姉ちゃんの気持ちに応《こた》えたい！　かすみ姉ちゃんを失いたくない！）

それがゆうじの素直な気持ちだった。

「かすみ姉ちゃん……ほらっ、顔、上げて」

「えっ、ゆうじ……？　んんっ……んむ……」

ゆうじはかすみにキスをした。自分からそうすることが、かすみに好きだと伝えることになると信じて。

唇を離したあとも、かすみのほうは自分の身に起きたことが信じられないようだった。

「かすみ姉ちゃん、これが俺の気持ちだよ」

かすみは、（今、死んでもいい）と思うほど嬉しかった。しかし、こんな時でさえ、照れ隠しにこんなことを言ってしまうのが、かすみの可愛いところだ。

「ゆ、ゆうじったら、いきなり、だもんなぁ。ゆうじとは、その、初めてのくちづけだったのに……」

「えっ、そうだったの？　じゃあ、改めてもう一度……」

再び二人の唇が重なった。今度は、舌を絡め合い、唾液《だえき》を吸い合う。

吐息と、ピチャピチャという水音が、かすみの部屋の中を支配していった……。

☆　☆　☆

「うわーっ、やっぱり、ゆうじのって立派だよね、うん」

ベッドの端に座る、ゆうじ。その足の間にひざまずくかすみが、嬉しそうに声を上げた。

「かすみ姉ちゃんのオッパイだって、その……」

「じゃあ、その立派なもの同士を合体しちゃおうか」

二人とも裸になってしまうと、やはりかすみのほうが積極的だ。

熱い視線のままに、かすみは自らの豊満なバストで、彼女の秘部を貫いてくれるであろう、ゆうじの股間《こかん》のドリルというべきものを挟んだ。

さすがJカップの巨乳といったところか、包み込まれたゆうじのモノは沈没間近、辛うじて亀頭の先っぽを出すので精一杯だ。

「んふっ、いくわよ……んっしょ、んっしょ……ゆうじの、もっと大きくなぁれ、大きくなぁれ……あはっ、おっきくなってきた」

柔らかなプニュプニュ感と、しっとりとしたオッパイの質感が波の満ち引きの如く、ゆうじのモノに襲いかかった。上気したエッチな目でパイズリしているかすみの顔を見ているだけでも、精液を放出してしまいそうだった。

「どうだ、姉ちゃんのパイズリは？　あっ、先っぽがもうヌルヌルしてきてるぞ」

「しょ、しょうがないだろ。百のJカップのオッパイに挟まれたら誰だって……」

「あーっ、そんなことは忘れずにちゃんと覚えてるんだ。ゆうじのスケベ！」

かすみも人のことは言えなかった。自分も気持ちよくなろうと、パイズリをしながら、硬くなった乳首同士をこすり合わせていたのだから。

「ゆうじぃ、いつでも出していいよ……姉ちゃんのオッパイにかけちゃっていいから」

「でも……オッパイだけじゃなくて、その……姉ちゃんの顔にもかかっちゃうかも」

「いいんだって……それに顔にもかけてくれたほうが、お姉ちゃん、嬉しいし……」

そう言って、かすみはシコシコとしごくように更にパイズリの速度を上げ、同時にうっとりとした目で、顔をゆうじのモノに近付けた。

ゆうじは、尻の奥のほうから快感が首をもたげてくるのを感じる。

「ダ、ダメだ、もう……ね、姉ちゃん、俺、出ちゃうぅっ！」

「イッてぇ、ゆうじ！　お姉ちゃんのオッパイでイッてぇ。いっぱい、ゆうじの熱いの、かけてぇぇぇっ！」

ゆうじの快感ゲージがレッドラインを突破し、大量の飛沫《ひまつ》がかすみの胸と顔を真っ白に染め上げた。

「あはぁ……ゆうじったら、こんなにたくさん……お姉ちゃん、ゆうじのミルクまみれになっちゃったよ……おかげで、お姉ちゃんもイッちゃったみたい」

後始末のため、かすみが舌を伸ばして、オッパイに付着した精液を舐め取っていく。

その淫靡《いんび》な様子は、ゆうじのモノを瞬時に回復させ、彼の欲望にも火をつけた。

「姉ちゃん！　俺、姉ちゃんのなかに入れたい！」

ゆうじはかすみをやや強引に押し倒した。好きな男になら荒っぽく扱われるのも悪くないのか、かすみは自然と足を開く。その推測は正しかったのだろう、淫《みだ》らな汁を滴らせ、ぱっくりと割れたかすみの秘部は、すんなりとゆうじのモノに貫かれた。

「やあんっ……ゆうじに犯されるぅぅぅ！　ああん、ゆうじったらぁ、そんなに激しくされたら、お姉ちゃんの

アソコ、壊れちゃう……あっ、あっ、あっ、あっ、ゆうじぃぃぃっ！」

ズンズンといった、ゆうじの激しい突きに、かすみの腰も最初から合わせて動いていた。この瞬間をずっと待っていたかすみは、泣きそうな、それでいて、嬉しそうな声を上げる。

一度放出しているせいで若干余裕のあるゆうじは、一端、腰を引いて、かすみの膣内《ちつない》からモノを抜いた。女としての可愛らしさを見せるかすみを、少し苛《いじ》めてみたくなったのだ。

「いやあぁ、抜いちゃダメェェ。ゆうじのもっと欲しいのぉぉぉっ！」

「俺の何が欲しいのか、ちゃんと言ってよ、かすみ姉ちゃん。そうしたら又……」

いつもならいくらかすみでも口には出せない言葉だった。だが、ゆうじのモノが抜かれたあともまだ少しぽっかりと開いた、かすみの秘部のひくつきがそれを言わせた。

「ゆうじの太い……太いオ○ンチンください……言ったから早くお姉ちゃんにちょうだい。お願い、ゆうじのオ○ンチンで突きまくってぇ！」

かすみの言葉に満足して、ゆうじは再び秘肉をえぐっていった。それは中断する前より激しいもので、責められるかすみも首を振り、快楽の深さに呻《うめ》きよがる。

「姉ちゃん、気持ちいいの？　ん？　気持ちいいみたいだね」

「ゆうじのが奥にぃ……ああ、いやぁ、イッちゃうよぉ！」

「じゃあ、少し休もうか」

「やあん、今度、抜いたりしたら、踵落としてやるからぁ」

「そんなことを言うなら、俺が先に踵落としだっ！」

ゆうじ流の踵落としとは、女性の感じる場所、子宮頸《けい》部《ぶ》を突くことだった。

「ひゃうん！　それ、いい、凄くいいいっ！　もっとお姉ちゃんに踵落とししてぇ！」

「こういう風にかい？　それとも、こうかな？」

「きゃうっ！　あふぅっ！　もうダメェ、お姉ちゃん、イッちゃう……ゆうじぃ、イク、イク、イッちゃううぅぅぅっ！　ゆうじぃぃ、ゆうじぃぃいいいいっ！」

一度、絶頂に達したくらいでは、かすみはゆうじを離さなかった。ゆうじを想って、幾晩も眠れぬ夜を過ごしたことを考えると、かすみの『女』が許さなかったのだ。

こうしてその日、二人は夕方まで愛し合った……それが優子を抱くことのできない、ゆうじのもう一つの理由だった。

☆　☆　☆

ゆうじは、かすみを抱いたことを後悔してはいなかっ

た。

　とはいえ、『両手に花』だと浮かれるゆうじでもない。

　優子とかすみ、どちらかを今すぐ選べと言われたら、どちらも選ばないほうがマシだと思うほどに、ゆうじの心は揺れ動いていた。

「とりあえず気持ちが固まるまで、二人とはセックスはしない」、そう決心するくらいが、関の山だった。

（……そんなことでいいのか、ゆうじ）

　そう問いかけてくるもう一人の自分がいた。しかし、簡単にその答えは見つからない。

　そして、意外にもその答えを示してくれたのは、かつての恋敵であった。

　ある日、講義を終えて帰ろうとするゆうじを、大学の入り口で浦沢が呼び止める。

「ゆうじくん、少し話がしたいんだが」

「浦沢さん……じゃあ、俺のいきつけの喫茶店でいいですか」

　ゆうじがあっさり応じたのには理由があった。優子から「浦沢さん、わたしがゆうじを好きだってことに気付いていたみたい」と知らされていたからだ。

　優子にフラれた腹いせに、世間ではタブーと見られる姉弟の関係をぶちまける……なんてこともできたはずだが、浦沢はそれをしなかった。「やっぱり悪い人じゃないんだよな」というのが、ゆうじの見解だった。

だからといって、すぐにも打ち解けるというわけにはいかない。

喫茶『かんぱねるら』で向かい合わせに座る、ゆうじと浦沢。美礼が注文の品を持ってきたあとも、二人はしばらく黙ったままだった。

「……キミは、優子ちゃ……いや、優子さんが本当は大学に進学したかったことを知っているのかな？」

ゆうじが予想だにしていなかった浦沢の言葉から、会話は始まった。

「いいえ。その……初耳です」

「彼女を僕の力でウチの大学の聴講生に……そういう話もしていたんだが、今はもう彼女はそれを望まないだろう。僕とああいうことがあったあとでは」

「そう……でしょうね、優子姉ちゃんの性格なら」

「まあ、そんな話はもうどうでもいいんだ。問題はキミだ、ゆうじくん」

急に自分に話を振られて、ゆうじは「？」と思う。

「彼女はキミの犠牲になったとは思っていない。だが、キミのために大学進学を諦《あきら》めたことは事実だ。そういう彼女に対して、キミは何ができる？　そう、僕は問いたい」

浦沢のゆうじを見つめる視線は鋭く、安易な返事は許さないといった雰囲気だ。

「俺が優子姉ちゃんに何ができるか……それは……」

「別に、今すぐ何かをしろと言ってるわけじゃない。彼女の気持ちに応えてあげる術《すべ》は幾らでもあるということを、キミにわかってほしかった。……それだけだ」

「浦沢さんは俺になぜそんなことを？」と、ゆうじは最後まで聞くことはなかった。それが愚問であることに、ゆうじはとっくに気付いていたのだ。

「……僕の話はそれだけだ。じゃあ」

テーブルにお金を置くと、浦沢は立ち去っていった。金額はきっちり浦沢が頼んだコーヒー代だけだ。ゆうじには借りも貸しも作りたくないということなのだろう。

しばらくして、美礼がまるで客のように、ゆうじの隣りに腰を下ろしてきた。

「ゆうじクン、かなり美形の人だったけど。まさか……」

「何が、まさか、なんですか？」

「私って、差別はしない主義なんだけどぉ……男同士のそういうのって深みにはまると、もうこっちの世界に戻ってこれないって話だし……」

「何、考えてるんですか、美礼さんは。俺はホモじゃないですって」

「よかったぁーっ！　それでは早速、それがウソじゃないことを確かめないと……」

美礼の指がツツーッと、ゆうじのズボンの前の部分を滑っていく。

「み、美礼さん、ダメですって！　俺、当分、セックスの類《たぐ》いは断つことに決めてるんですから」

「えーっ！　もう！　同じ『断つ』んなら、こっちが『勃《た》つ』ほうがいいのにぃ」

平気な顔でオヤジギャグを放つ、それが二十五歳、未亡人、美礼であった。

ゆうじは、二人の姉に、否、愛する二人に何か自分ができることをしてあげようと、心に決めた。

☆　☆　☆

思い立ったが、吉日。その日の夕食時、ゆうじは優子に話を持ちかけた。

「あのさ、優子姉ちゃん、明日、お弁当二つ用意しといてくれる？」

「いいけど。どうして？　もしかして、姉さんのぶん？」

「いや。とにかく二人分頼むよ。あとさ、悪いんだけど、明日から毎朝、一コマ目の講義に出る時間に起こしてくれるかな」

訳がわからなかったが、優子はゆうじの二つの頼みごとを承諾した。

そして、翌朝。

急いで朝食を済ますと、ゆうじは家を飛び出す。

「じゃあ、優子姉ちゃん、行ってきます！」

「ゆうじぃ！　お弁当、忘れてる！」

「あっ、十時頃、取りに帰るから。優子姉ちゃん、ウチにいてよね」

家を出たゆうじの向かう先は、大学ではなく、かすみのアパートだった。

「かすみ姉ちゃん、俺だよ、ゆうじだよ！　起きてよっ！」

寝ぼけまなこでドアを開ける、かすみ。時間が早いせいか、さすがに踵落としの元気はなかった。

「なんだよ、ゆうじ、こんな朝っぱらから……はっ！　もしや、青少年特有の朝立ちを、この姉ちゃんの身体で解消しようと……」

「何、言ってるんだよ、姉ちゃんこそ朝っぱらから。ちょっとキッチン借りるからね」

ゆうじの手には、近くのコンビニで揃《そろ》えた食パン等の朝食用の食材があった。

かすみに自分がしてあげられることに関して、ゆうじは悩んだ。

本人に直接聞いた場合、「ゆうじとの濃厚なセックス」とか言いかねないので、まずは、小さなことからコツコツとの精神で、大学に行く前にかすみが苦手としている家事をしてあげようと、ゆうじは考えたのだ。

「かすみ姉ちゃん、洗濯物、溜まってるんだろ。まとめて出しといてよ」

朝食を用意しながら、ゆうじはもう次の洗濯へと思考を働かせる。

「イヤーン、ゆうじに汚れた下着、見られちゃうーっ！」

「バカ言ってないで。あっ、そーだ。姉ちゃん、この部屋の合いカギ、作っといてよね」

「えっ、何で？」

「何でって……もし姉ちゃんが起きなかったら、俺が部屋に入れないだろ。今日から毎朝、起こしに来るんだから」

一瞬の間ののち、それがどういうことを意味するか理解したかすみは、ガバッとゆうじに抱きついた。

「んもう、ゆうじ、愛してるぅぅぅっ！」

背中に当たるかすみの巨乳の誘惑に耐え、ゆうじは次々と家事をこなしていった。

そして……。

「……洗濯物は自分で取り込むんだよ。わかったね、かすみ姉ちゃん」

一通り家事を終えたゆうじは、かすみにそう言い残すと又、自宅に戻った。

「あっ、ゆうじ。本当に戻ってきたんだ」

「うん。すぐ出かけるから、優子姉ちゃんも早く外出着に着替えて」

「ゆうじ……もしかして授業、サボる気なの？」

「違うって。さあ、早く、早く」

事態を飲み込めないまま、優子がゆうじに連れてこられたのは、大学の構内だった。

「ゆうじ、いったいどういうこと？」

「今日は姉ちゃんも一緒に講義を受けるんだよ」

「えっ、一緒にって……わたし、学生じゃないし、勝手にそんなこと……」

「平気だって。次の講義は大講義室だから、姉ちゃん一人くらい混ざっても。それに俺、聞いたんだ、浦沢さんから」

「浦沢さんから？　あっ、それって……」

「姉ちゃんの希望に沿うかどうかはわからないけど……とにかく、行こう！」

「……うん」

ぞろぞろと大講義室に入っていく学生たちの波に、二人も混じっていく。

授業が始まった。

「えー、ギリシア文明の特異的な点というのは、神官階級がなかったことで……」

マイクを通して講師の声が流れ、黒板代わりにスライドが映し出される。

一心不乱にシャーペンをノート上に走らせる優子に、ゆうじが話しかける。

「姉ちゃん、どう？　今日のは先週の続きだからわかりにくいと思うけど」

「ううん、そんなことないよ。高校の授業とはやっぱり違うんだね」

こうしてゆうじの隣りで講義を受けていること自体、どこか学生の恋人同士のようで、優子には楽しかった。

講義の次は、学食でのお弁当タイムだ。

並んで弁当を食べている最中、なぜか優子は周りを気にしてもじもじしていた。

「どうしたの、姉ちゃん？　誰も姉ちゃんが学生じゃないなんてわからないと思うけど」

「そういうのじゃなくて……こうやって近くでゆうじがハート弁当、食べてると思うと、何か恥ずかしくて……わたしがそれ作ったの、バレバレだろうし」

「じゃあ、もう、ハート弁当、やめる?」

「……馬鹿」

弁当を食べ終わると、ふいに優子が言った。

「ゆうじ……今日はありがとう」

「そ、そんな大したことじゃないよ。それに、今日のは予行演習っていうか……正式に聴講生になるとか、他にもいろいろと手はあると思うんだ」

「ゆうじ……」

「そう、今は無理だけど、俺が大学を出て働くようになったらさ、姉ちゃんさえよかったら大学進学を考えてみても……」

優子は、今、周りに誰もいなければ、ゆうじを抱きしめているところだった。

それほど、ゆうじの気持ちが嬉しかった。

☆　☆　☆

その後、もう一科目、一緒に講義を受けたあと、優子は先に大学を出た。夕食の準備という、ゆうじに話した帰宅の理由とは別に、もう一つ準備があったのだ。

優子はシャワーで身を清め、彼女にしては大胆な黒の真新しい下着を着けた。気分はすっかり日那様の帰りを待つ、若奥様だ。

(まだ一週間たってないけど……いいよね。ゆうじは今日、こんなにもわたしの心を満た

してくれたんだもん。今度はわたしがゆうじの身体を満たしてあげる番よね)

身体を満たす、ということに関しては、『ゆうじの』だけではなく、『わたしの』も含まれているのかもしれない。

しばらくして、ゆうじが帰ってきた。

「ただいまぁ」

「お帰りなさい、ゆうじ」

いつものように玄関でゆうじを迎える、優子。だが、一つだけ違うことがあった。

優子は、エプロンの下に、例の黒の下着しか着けていなかったのだ。

「ゆ、ゆ、優子姉ちゃん……そ、そ、それって……！」

「こういう色って、わたしには似合わないかなぁ？　ゆうじのために通販で買ってみたんだけど……」

「いや、姉ちゃんって、肌、白いから、結構、グッとくるものが……って、そーいう問題じゃなくて……」

戸惑いつつも、リビングへと先に歩いていく優子の黒いショーツの下で揺れるヒップに誘われるように、フラフラとゆうじは後ろを付いていってしまう。

「さあ、ここに座って、ゆうじ」

言われるままにソファーに腰掛ける、ゆうじ。

エプロンをかなぐり捨てて下着姿になった優子が、ゆうじにかしずくように膝《ひざ》をついた。

「お姉ちゃん、初めてだからあんまり上手じゃないけど、一生懸命するから」

ゆうじがやっと自分を取り戻したのは、優子が彼のズボンのファスナーを下ろし、アレを取り出した時だった。

「わっ、わっ、わーっ、ダメだって、優子姉ちゃん。まだ一週間たってないし、それに俺自身、心に決めたこともあって……あうっ！」

優子にペロッと舌で舐められ、ゆうじのモノはピクッと反応してしまう。

「うふっ、もうこんなになって。でも、ゆうじのって、もっとおっきくなるはずよね。じゃあ、いただきまーす」

優子は躊躇《とまど》いなく、パクッとゆうじのモノを飲み込んだ。

優子のフェラチオは自分でも言った通り、ぎこちないものだった。それでもゆうじにとっては、一流のプロのソープ嬢のそれよりも甘美な魅力を放っていた。

(優子姉ちゃんが……あの優子姉ちゃんが俺のをしゃぶってる！　それもペロペロとあんなに美味《おい》しそうに……！)

息が続かないのか、時折、チュポンと口を離し、指で口元の涎《よだれ》を拭《ぬぐ》う優子の仕草もエッチに見え、ゆうじの心から「セックスをしない」という、あの決心を鈍らせていく。

優子も、自分の愛撫で気持ちよさそうに目を閉じる反応をたまらなく愛しく感じる。

思春期の頃、初めてフェラチオという行為を知った時、優子には嫌悪感しかなかった。今でも他の男のはそうだろうが、ゆうじのモノだけは心の底から「美味しい」と思えるのだった。

「んむっ、はむっ……んはぁっ！　ゆうじのっておっきすぎて、ほおばり切れないよぉ。お姉ちゃん、お口を犯されてるみたいな気分」

優子は、ゆうじの亀頭の先にチュッとくちづけする。

「ここの穴からいっぱい、白いのを出すのね。……ゆうじ、出したい？」

からかうようにクスクス笑って聞いてくる優子に、ゆうじは「出したい」という言葉を必死に我慢する。

「出してもいいよ。ゆうじのなら、お姉ちゃんが全部、飲んであげるから」

優子の「飲んであげる」という決定的な言葉に、とうとうゆうじは負けた。

「う、うん。俺、姉ちゃんに飲んでほしい……だから、俺も姉ちゃんを……」

ゆうじの指がブラ越しに、優子の乳首を摘み上げた。

「ああっ！　駄目ぇ、今はわたしがゆうじを気持ちよく……んはぁっ！」

「だって、姉ちゃんの乳首、ブラの下でこんなに硬くなって、まるで『触ってほしい』って言ってるみたいだから。それに……」

続いてゆうじは、足の指で優子のショーツの中心をまさぐった。途端に中から愛液が染み出し、ショーツどころかその下の絨毯《じゅうたん》まで色を変える。

「こっちも凄いや。まるでオシッコ漏らしたみたいだ」

ゆうじの反撃に、負けじと優子もおしゃぶりを再開する。自分もイキそうになっているせいか、ジュポジュポと顔を上下に激しく動かし、しまいには胸でも挟みつけ、優子はフェラチオという行為に没頭した。

「ダ、ダメだ、姉ちゃん、もう出る……！」

「ぷはぁっ！　出して、ゆうじ。お姉ちゃんのお口の中に出して……お姉ちゃん、ゆうじの精液、飲みたいのぉっ！」

大きく「あーん」と口を開ける優子に向かって、ゆうじは射精した。

その勢いと量は、優子の予想を越えていた。驚いて思わず彼女が顔を引いてしまったのも無理からぬことであり、それは『顔射』という結果を生んだ。

「あ〜ん、全部、お口で受け止めたかったのにぃ……まだ残ってるかなぁ」

そう言って、優子はゆうじのモノを咥《くわ》え込み、チュウチュウと吸い始めた。

ドクン、ドクンと、ゆうじのモノが残った精を吐き出す。

ゴクッ、ゴクッと、優子の喉《のど》がそれを飲み込んでいく。

それは、次の新しいステージへのイントロだった。

「……優子姉ちゃん。俺、姉ちゃんの下の口にも飲んでもらいたい」

「それって……？　ああんっ！」

ゆうじは優子をソファーに寝かすと、ゆっくりショーツを剥《は》ぎ取っていく。まるで別れを惜しむかのように、ショーツと秘部の間にツーッと愛液の糸が伸び、プツンと途中で切れた。

「凄く濡《ぬ》れてるよ、優子姉ちゃんのオ○ンコ」

「ば、馬鹿ぁ！　ゆうじったら、そういうこと言っちゃあ駄目だったら……ああん！」

自分の秘部を卑俗な言葉で呼ばれて恥ずかしがる優子も、ゆうじの愛撫が始まるともうそんなことは言ってられない。

「やっ、やあっ……駄目ぇ。気持ちよすぎて、もうイッちゃいそう……ひゃうん、はうっ、あああぁっ！　ゆうじぃ、切なくさせないで……」

「優子姉ちゃん、どうされたいの？」

「ゆうじの……ゆうじの入れて」

素直に自分の欲望を口に出す優子だったが、ゆうじはまだそれくらいでは許さなかった。

「入れるって、どこに？　お口かな？　それとも、お尻？」

「ち、違うったら！　こ、ここに……」

にちゃあ、といった感じで、優子の膣口が菱形《ひしがた》に開かれた。足を大きく広げ、優子は自分の指でそうして見せていたのだった。

優子の痴態を楽しみつつ、ゆうじが最後の詰めに入る。

「こことかじゃなくて、ちゃんと言ってごらんよ。さっき俺が言ったみたいにさ」

優子がゆっくりと口を開いた。だが、まだ声は出ず、ハァハァと息の洩れる音だけが聞こえる。そして、意を決めた優子がギュッと目を閉じた。

「お姉ちゃんの……お姉ちゃんのオ、オ○ンコに入れて……お姉ちゃんのオ○ンコに、ゆうじのを入れてぇぇぇっ！」

日頃慎み深い優子によるエッチな言葉だけに、今度はゆうじのほうがたまらなかった。ジュプッと優子の滴を飛び散らせながら、ゆうじはバックからモノを突き入れた。

「はぁぁん！　凄いっ、ゆうじぃ、感じちゃうっ。やっ、やあん、イクぅ、お姉ちゃん、イッちゃうぅぅぅっ！」

優子がヒップを揺さぶって、ゆうじを奥へ奥へといざなう。膣内の壁も蠢《うごめ》き、収縮を始めていた。放出の予感

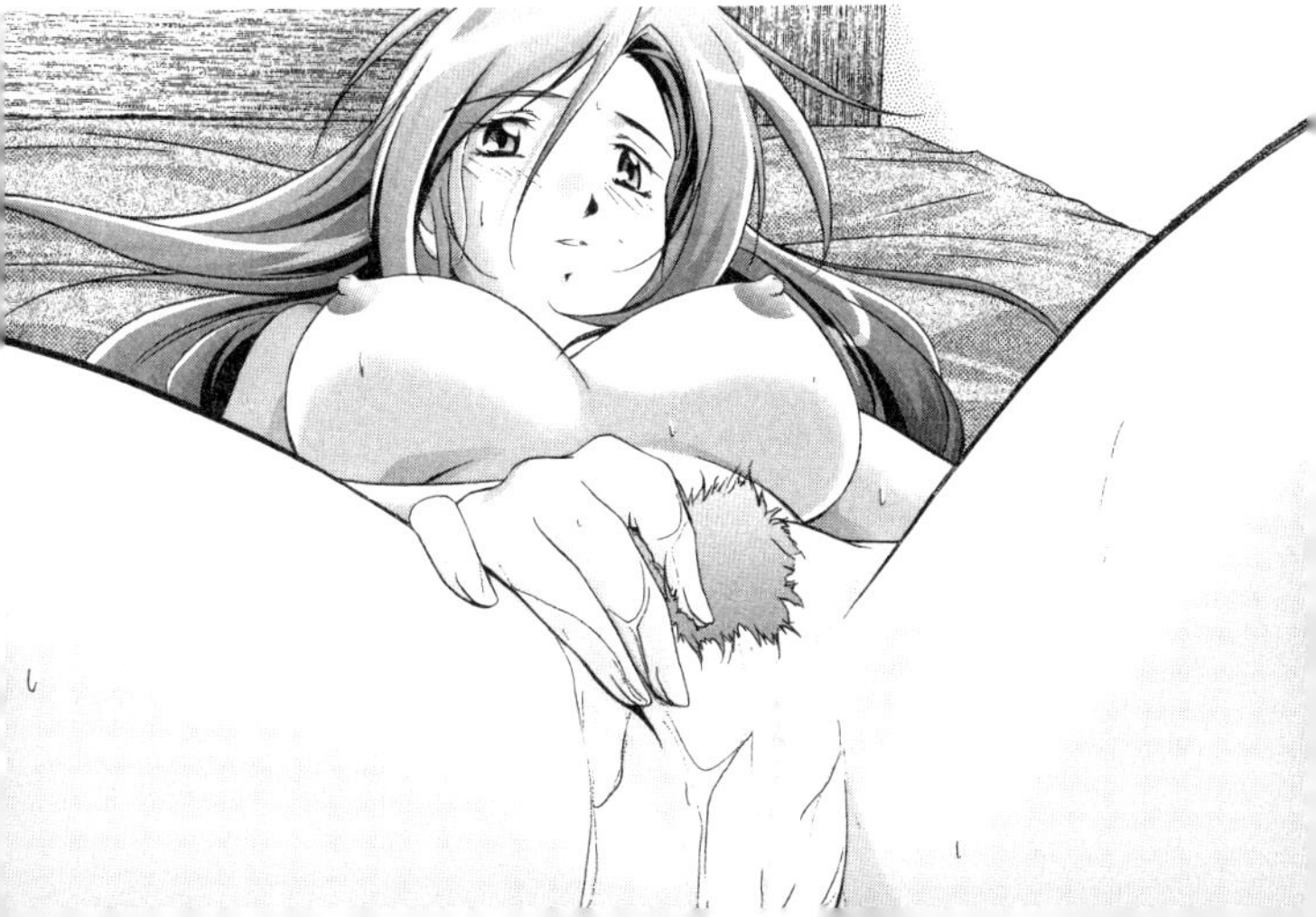

に、ゆうじはひとまず腰のピストンを止めた。

「いやあ、ゆうじ、意地悪しないでぇ」

「だって、姉ちゃんの締め付けがあんまりキツイから」

「そんなこと言われても、わたしにだってどうにもならないんだもん。早く突いてぇ！」

さすが、占いで出た『沢山厑』、セックスの相性抜群はダテではないようだ。

(ええい、ままよ！）と、ゆうじがピストンを再開して間もなくだった。

「イクぅ、もう駄目ぇ……来てぇ。ゆうじぃ、一緒に来てぇっ！　あっ、ああっ、イク、イッちゃう、イッちゃうぅぅぅっ！　あああああっ！」

同時にゆうじからも、一気に歓喜の洪水が溢れ出した……。

☆　☆　☆

情事の後始末を終え、下着を身に着けた二人は、ソファーの上で毛布に包まっていた。

「……ゆうじったら、お姉ちゃんにあんな恥ずかしいこと言わせて……」

「ごめんね、優子姉ちゃん……でも、おかげで興奮したでしょ？」

「そ、そんなわけ……もう、ゆうじの馬鹿！　二度と言わないんだから、あんなこと！」

戯れる二人の前に、凶事が訪れようとしていた。

これも、「一週間、エッチはしない」という誓いを破った報いか。

それとも、血は繋《つな》がってないとはいえ、二人の姉を抱いてしまったゆうじへの天罰か。

八神家の玄関のドアが、ある人物の手によって開けられた。

「今、帰ったぞ……まったく参ったぞ。優子、お前のせいで浦沢専務に何度、頭を下げたことか……あっ、あああっ！　ゆ、優子！　それに、ゆうじ！　お前たち、何を……！」

父、光彦の、赴任先からの予定外の帰宅だった。

「お、親父……！」

「お父さん、これは……」

今の自分たちの姿をどう説明したらいいか迷う二人に向かって、一瞬の間ののち光彦の怒号が飛ぶ。

「お、お前たちはケダモノかーっ！　姉弟でこんなことを……この恥知らずどもがーっ！」

「違うんだ。親父、話を聞いてくれ。俺は姉ちゃんのことを本気で好きなん……」

「ふざけるなっ！　何が好きだっ！　そんな話がまともに聞けるかーっ！」

光彦の拳《こぶし》がいつものように、ゆうじへ！

ゆうじはそれを避けることなく、受けた。今日は殴られても当然だと思って。

だが、ゆうじは言葉は続けた。これだけは言わなければならなかったのだ。

「好きなんだよっ、俺は！　優子姉ちゃんを……そして、かすみ姉ちゃんのことも！　だから、本気で好きになったから抱きたいと思ったんだ。二人とも、俺の大事な人なんだ！」

背後で、優子が「はっ」と息をのんだのが、ゆうじにもわかった。そして、それが何を意味しているのかも。

光彦の反応は、そんなものではなかった。

「か、かすみまでだと……お前は、盛りのついた畜生かーっ！」

光彦はテーブルを持ち上げ、それでゆうじを殴打した。

床に倒れ伏し、額に何かぬるりとしたものを感じながらも、ゆうじは立ち上がった。

光彦も、傷ついたゆうじに容赦はしない。再度、拳の雨を降らせていく。

「ま、真理子《まりこ》の娘をよくも……よくもっ！　この出来損ないがっ！　よくもっ！」

真理子とは、かすみと優子の実の母、ゆうじにとっては二人目の母の名前だ。

光彦の拳を振るう力がいつもより激しいように、ゆうじには感じられた。

(親父はあの人を……真理子さんを本当に愛していたんだな)

身体に受ける痛みが、ゆうじにそれを教えていた。

「お父さん、駄目ぇぇぇっ！　ゆうじが死んじゃうっ！」

血が滲《にじ》むゆうじの目に、優子が自分の前に立ち塞《ふさ》がっているのが見えた。ゆうじは、優子の身体をそっと脇へと追いやる。

「……いいんだ、優子姉ちゃん」

ゆうじは、自らの拳の痛みも忘れて殴り続ける父親の姿を、しっかりと見据えた。

(親父に殴られると、目を伏せて黙りこんでいた自分……心の傷に誰かに気付いてもらいたくて、自殺という最低の手段を選んだ自分……ただ愛を受けるだけで、安らぎを得るだけで満足していた自分……そんな自分とはもうオサラバするんだ！）

父の怒りという感情を真正面から受け止めなければ、自分の気持ちを押し通すことはできないと、ゆうじは考えた。そのために、ふらつく足を何度もしっかりと踏みしめ、光彦の拳にひたすら耐え続けた。

「ゆうじ！　お前はもう勝手に一人で生きていけ！　今度こそ本当に勘当だ！」

当然だ、とゆうじは思った。子供だから親に愛してもらえるはず、生活の面倒《めんどう》を見てもらえるはずと、今まで自分のほうが親子という絆《きずな》に甘えてきたことを、ゆうじは痛感する。

「それから……優子は今すぐワシが連れていくっ！　これ以上、お前と一緒にしておくわけにはいかんからなっ！」

「……それはダメだ」

脳震盪《のうしんとう》か失血のせいか、薄れてゆく意識の中で、ゆうじはそう言った。

「な、なんだと！　まだ、そんなことを！」

「ゆうじ……もういい、もういいから……」

瞼《まぶた》が腫《は》れ上がっていて、ゆうじにはもう優子の表情はわからない。ただ涙ぐむ声だけが遠くに聞こえていた。

「……親父は母さんを俺から引き離した。あの時は俺にはどうしようもなかった……でも、今度は……今度こそは、俺は大事な人は手放さない……もう二度と……」

そう言い終わると、ゆうじの身体は崩れ落ちた。そして……。

エピローグ

（あれっ……俺、どうしちゃったんだろう……？）

ゆうじの前には、果てしなく深い霧が立ち込めていた。

（俺……死んじゃったのかな？　そんなことないよな。前の時だって平気だったし……前？　前ってなんだったかな）

霧は濃く、伸ばした自分の手の先すら見えない。

（死んだんだとしたら、風華さんに会えるのかな。もう生まれ変わっちゃった頃かな……もし、俺が生まれ変わって、姉ちゃんたちの弟じゃなくなったとしても、それでも、姉ちゃんたちは俺のことを……）

その時、声が耳に響いた。

「ゆうじっ！」

それは、聞くだけで元気が出る声。いつも「頑張れ」と励ましてくれる声。

「ゆうじぃ……！」

こちらは、耳に心地良い、涼やかな声。今は涙混じりなのが、少し残念な声。

二つの異なる声は、一陣の風になって周りの霧を吹き飛ばした。

そして、ゆうじの視界に、かすみと優子の姿が映る。

目に涙を浮かべつつ、ゆうじに微笑《ほほえ》みかける、かすみと優子の姿が。

病院に運び込まれたゆうじは、今、ベッドの上にいたのだった。

「優子姉ちゃん……あれっ、かすみ姉ちゃんまで、何で？」

「何で、じゃない！　ゆうじのバカ！　又、アタシに輸血なんかさせやがって！」

かすみが慌てて涙を拭き、少し照れくさそうな顔でそう言った。

「ゆうじぃ、ゆうじぃ……もう絶対、放さないんだからぁ……お姉ちゃん、ゆうじのこと、放さないいんだからぁ……」

優子が、横になっているゆうじにすがり付きながら、そう言った。

「……親父《おやじ》はどうしてるのかな？」

ゆうじの質問に、かすみがニヤッと笑って答える。

「今頃、医者に必死で弁解してるだろうよ。ゆうじが何でこうなったのかをな。それとも、赤く腫《は》れ上がった自分の手を治療してるのかもな」

「そう。……悪いことしたな、親父には」

「ゆうじ、それって皮肉か？」

ゆうじは首を横に振った。やっと今、父親を許せそうな気がしていたからだった。

「おい、優子！　いつまでゆうじに抱きついてるんだよ。いい加減、放せよな」

「いいんだもん。ゆうじはわたしのためにこうなっちゃったんだから！」

「『わたしの』じゃないだろ！　百歩譲っても、『わたしと姉さんの』だろうが！」

たぶん、優子がかすみにも全てを話したのだろう。二人はゆうじを取り合うように、口論を始めるのだった。

「こんな乱暴なお姉さんは、お姉さんじゃなくてお兄さんだよねぇ、ゆうじ」

「なんだとっ、優子！」

「きゃあ、怖いお兄さんが怒ったぁ！」

二人のやり取りを、ゆうじは懐かしく思った。

なぜなら、それはかすみと優子が初めてゆうじと会った時にかわされた会話、それを再現したものだったからだ。

☆　☆　☆

父、光彦はゆうじが退院する前、一度だけ見舞いに来た。

「せっかく入った大学だ。学費は出してやる。勘当はお前の卒業まで保留だ」

そう怒ったような顔で言い残すと、光彦は赴任先に戻っていった。

……そして、再び穏やかな日常が始まる。

「ゆうじぃ、おはよう！」

優子の声と包丁の音、それがゆうじの迎える朝だ。

「……ゆうじ、お代わりはもういいの？」

「うん、もういいよ。そろそろ出ないといけないし」

「あんまり、姉さんを甘やかしちゃ駄目だからね」

ちょっと口を尖《とが》らせ、拗《す》ねる仕草を見せる優子が、ゆうじには可愛く感じられる。

「まっ、いいか。もうすぐ手続きさえ終われば、わたしも聴講生だもんね。ゆうじと一緒に大学までこうして……」

一転、ゆうじと腕を組んで、上機嫌になる優子だった。

甘えてくる優子の腕を振りほどくのに多少、時間がかかったゆうじは、小走りでかすみのアパートに向かう。

ゆうじのかすみへの第一声は、お小言から始まる。

「……どーして一日でこんなに流しに洗い物が溜まるかなぁ。かすみ姉ちゃん、これじゃあ、いつまでたっても嫁の貰《もら》い手が……」

「それなら、目の前にいるからいいも〜ん。今だって、こうして『通い妻』状態だしぃ」

着替えながら、かすみは平気でポイッ、ポイッと下着をゆうじに投げつけてくる。ゆうじにとっても、もうそれは洗濯物の一つでしかないようだ。

「『通い妻』って……俺、一応、男なんだけど」

「『通い夫』じゃあ変だし、第一、淫靡《いんび》な響きに欠けるだろ。ゆうじはどう思う？」

と、裸でしだれかかってくるかすみを、適当にあしらうゆうじだった。

☆　☆　☆

他の人物たちはどうしているかというと……。

『浦沢慎太郎』は、いまだに独身貴族のままだった。学内の噂《うわさ》では、前よりもプレイボーイぶりに磨きがかかったということらしい。

勇気ある一人の学生が本人にその真偽を確かめてみたところ……。

「……慎重すぎて、もう失敗したくない」

それが本人の弁だった。

『表三四郎』は、ようやくかすみにフルネームを覚えてもらった。が、所詮《しょせん》それ止まりだと悟り、ターゲットを別の巨乳の持ち主に変更した。

それは、喫茶『かんぱねるら』の女主人、『小野美礼』であった。

美礼、曰《いわ》く、

「三四郎クンも、もうちょぉっと線が細かったらいいんだけどねぇ」

そんな美礼は、ゆうじに代わる新しい獲物……もとい、夜のパートナーを募集中らしい。

『七瀬風華』のお墓には、あれから月に一回、ゆうじは花を手向けに訪れている。

次に行く時には、二人の姉にも風華とのことを全て話して一緒に行こうと、ゆうじは考えていた。

☆　　☆　　☆

そして、月日は過ぎる。

十一月の末に積もった初雪は、午後には濁流となって市内を駆け抜けていったが、二度目の雪は溶けず、そのまま根雪となって街を白く冬色にコーティングした。

そんな十二月の、ある夜のことだ。

ゆうじは、かすみと優子を連れて夜の街を歩いていた。

「寒いよぉ、ゆうじぃ」

「あっ、姉さん、そんなにゆうじにくっつかないの！　オマケに胸まで押しつけて……」

「ケケケ……アタシのほうがオッパイ大きいから、ひがんでるな、優子」

「そ、そんなことないわよっ！　わたしの胸、ゆうじは綺麗《きれい》だって、この前、言ってくれたもん」

二人の言い合いを制して、ゆうじが指差した。

「ほらっ、二人とも、ちょっと見てごらんよ」

そこには、雪に埋もれた深夜の街が、照明のおかげでオレンジ色に煌々《こうこう》と輝いていた。

積もった雪に街灯の明かりが反射して創り出す、『あめいろの』時間。

静かな、静かな、雪のひととき。夜中、人も車も途絶えた時間、それがやってくるのだ。

「この風景って、俺、好きなんだ。いつか大好きな人にそのことを話して、そして、一緒に見れたらって、ずっと思ってたんだ」

これから、三人がどうなるのかはわからない。

いつかは、二人のうちのどちらかをゆうじが選ぶ日が来るのかもしれない。

それでも、三人は、今はまだこのままでいいと思っていた。

特に、かすみと優子は、ゆうじがここに連れてきてくれた今は、そう思っていた……。

☆　☆　☆

後日、赴任先の父、光彦から手紙が送られてきた。

手紙の文面は相変わらずの自分勝手なものだったが、中に一枚の写真が同封してあった。

たった一枚だけ残されていた、まだ幼いゆうじを囲んで父と母が並んでいる、親子三人水入らずの写真が。

それは今、あの宝箱に、写真の切れ端の代わりに大事にしまわれている。

いつか写されるであろう、ゆうじ自身が作る家族の写真を待って。

End

あとがき

どうも、本作執筆とサッカー欧州選手権が重なり、睡眠不足の高橋恒星です。

ゲーム本編をプレイした方は、本作を読んで「オイオイ、違うじゃねーか」と思った部分も多々あると思います。例えば、ラストに関しては、基本は『優子』エンドですが、私としてはどうしても『かすみ』が捨て切れず、あのような形になった次第であります。

あと、脇のキャラクターで大きく変えた者もいます。主人公『ゆうじ』を中学生の時にイジメにかけた中心人物、『キョウジ』のことです。

ゲーム未プレイの方を考慮して多くは語りませんが、『キョウジ』は本作にあったようにゲーム中では「いい人」にはなっていません。現実的に考えれば、本作の『キョウジ』の姿は「嘘だ！」「ご都合主義だ」と言われるでしょう。しかし、私が物書きとしてフィクションを書く場合、いつも頭にあるのは「性善説」なのです。特に悲惨な事件が巷に溢れている昨今、それをますます意識せざるをえません。

幼児虐待といった重いテーマを含んでいる、『ゆうじ』の父『光彦』に対する描写に関しても、多少そういったニュアンスで書いてみました。

では、読者の皆様とは、又、次回作でお会いしましょう。

二〇〇〇年　六月　高橋恒星

あめいろの季節

2000年8月31日 初版第1刷発行

著　者　高橋 恒星
原　作　ジックス
原　画　山根 正宏

発行人　久保田 裕
発行所　株式会社パラダイム
〒166-0011 東京都杉並区梅里2-40-19
ワールドビル202
TEL03-5306-6921 FAX03-5306-6923

装　丁　林 雅之
制　作　AGヴォイスプロモーション
印　刷　図書印刷株式会社

乱丁・落丁はお取り替えいたします。
定価はカバーに表示してあります。

既刊ラインナップ

定価 各860円+税

1 悪夢 ～青い果実の散花～ 原作:スタジオメビウス
2 脅迫 原作:アイル
3 痕 ～きずあと～ 原作:リーフ
4 慾 ～むさぼり～ 原作:May-Be SOFT TRUSE
5 黒の断章 原作:Abogado Powers
6 淫従の堕天使 原作:DISCOVERY
7 Esの方程式 原作:Abogado Powers
8 歪み 原作:May-Be SOFT TRUSE
9 悪夢 第二章 原作:スタジオメビウス
10 瑠璃色の雪 原作:アイル
11 官能教習 原作:テトラテック
12 復讐 原作:クラウド
13 淫Days 原作:ルナーソフト
14 お兄ちゃんへ 原作:ギルティ
15 緊縛の館 原作:XYZ
16 密猟区 原作:ZERO

17 淫内感染 原作:ジックス
18 月光獣 原作:ブルーゲイル
19 告白 原作:ギルティ
20 Xchange 原作:クラウド
21 虜2 原作:ディーオー
22 飼 原作:13cm
23 迷子の気持ち 原作:フォスター
24 ナチュラル ～身も心も～ 原作:フェアリーテール
25 放課後はフィアンセ 原作:スィートバジル
26 骸 ～メスを狙う顎～ 原作:SAGA PLANETS
27 朧月都市 原作:GODDESSレーベル
28 Shift! 原作:Trush
29 いまじねぃしょんLOVE 原作:U・Me SOFT
30 ナチュラル ～アナザーストーリー～ 原作:フェアリーテール
31 キミにSteady 原作:ディーオー
32 ディヴァイデッド 原作:シーズウェア

33 紅い瞳のセラフ 原作:Bishop
34 MIND 原作:まんぼうSOFT
35 錬金術の娘 原作:BLACK PACKAGE
36 凌辱 ～好きですか?～ 原作:アイル
37 My dearアレながおじさん 原作:ブルーゲイル
38 狂＊師 ～ねらわれた制服～ 原作:クラウド
39 UP! 原作:メイビーソフト
40 魔薬 原作:FLADY
41 臨界点 原作:スィートバジル
42 絶望 ～青い果実の散花～ 原作:スタジオメビウス
43 美しき獲物たちの学園 明日菜編 原作:ミンク
44 淫内感染 ～真夜中のナースコール～ 原作:ジックス
45 My Girl 原作:Jam
46 面会謝絶 原作:シリウス
47 偽善 原作:ダブルクロス
48 美しき獲物たちの学園 由利香編 原作:ミンク

★ホームページができました　http://www.parabook.co.jp/

49 せ・ん・せ・い　原作:ディーオー
50 sonnet～心かさねて～　原作:ブルーゲイル
51 リトルMyメイド　原作:スィートバジル
52 flowers～ココロノハナ～　原作:CRAFTWORKside・b
53 サナトリウム　原作:ジックス
54 はるあきふゆにないじかん　原作:トラヴュランス
55 プレシャスLOVE　原作:BLACK PACKAGE
56 ときめきCheck in!　原作:クラウド
57 散櫻～禁断の血族～　原作:シーズウェア
58 Kanon～雪の少女～　原作:Key
59 セデュース～誘惑～　原作:アクトレス
60 RISE　原作:RISE
61 虚像庭園～少女の散る場所～　原作:BLACK PACKAGE TRY
62 終末の過ごし方　原作:Abogado Powers
63 略奪～緊縛の館 完結編～　原作:XYZ
64 Touchme～恋のおくすり～　原作:ミンク

65 淫内感染2　原作:ジックス
66 加奈～いもうと～　原作:ディーオー
67 PILE・DRIVER　原作:ブルーゲイル
68 Lipstick Adv.EX　原作:フェアリーテール
69 Fresh!　原作:BELL-DA
70 脅迫～終わらない明日～　原作:アイル【チーム・Riva】
71 うつせみ　原作:BLACK PACKAGE
72 Xchange2　原作:クラウド
73 M.E.M.～汚された純潔～　原作:アイル【チーム・ラヴリス】
74 Fu・shi・da・ra　原作:ミンク
75 絶望～第二章～　原作:スタジオメビウス
76 Kanon～笑顔の向こう側に～　原作:Key
77 ツグナヒ　原作:ブルーゲイル
78 ねがい　原作:RAM
79 アルバムの中の微笑み　原作:curecube
80 ハーレムレーサー　原作:Jam

81 絶望～第三章～　原作:スタジオメビウス
82 淫内感染2～鳴り止まぬナースコール～　原作:ジックス
83 螺旋回廊　原作:ruf
84 Kanon～少女の檻～　原作:Key
85 夜勤病棟　原作:ミンク
86 使用済～CONDOM～　原作:ギルティ
87 真・瑠璃色の雪～ふりむけば隣に～　原作:アイル【チーム・Riva】
88 Treating 2U　原作:ブルーゲイル
89 尽くしてあげちゃう　原作:トラヴュランス
90 Kanon～the fox and the grapes～　原作:Key
91 もう好きにしてください　原作:システムロゼ
92 同心～三姉妹のエチュード～　原作:クラウド
94 Kanon～日溜まりの街～　原作:Key
95 贖罪の教室　原作:ruf
97 帝都のユリ　原作:スィートバジル

〈パラダイムノベルス新刊予定〉

☆話題の作品がぞくぞく登場！

99.LoveMate《ラブメイト》
～恋のリハーサル～
ミンク　原作

新米教師・和人は演劇部の顧問をまかされる。だが部員は麻衣子一人きりだった。二人でなんとか部員を集め、部の復興を試みる。

98.Aries《アリエス》
サーカス　原作
雑賀匡　著

真一のクラスに地上研修のため、天使のアミが転校してきた。真一を気に入ったアミは彼の部屋の引き出しに住みついてしまう。

101.プリンセスメモリー
カクテルソフト　原作
島津出水　著

イーディンが見つけたのは、記憶と感情を失った少女フィーリアだった。彼女の心を取り戻すため、ダンジョンを調査するが…。